读书是最对得起付出的一件事

著

Ⓒ 梁晓声　2020

图书在版编目（CIP）数据

读书是最对得起付出的一件事 / 梁晓声著 . —沈阳：辽宁人民出版社，2020.1（2024.7 重印）
ISBN 978-7-205-09747-9

Ⅰ . ①读… Ⅱ . ①梁… Ⅲ . ①散文集—中国—当代 Ⅳ . ① I267

中国版本图书馆 CIP 数据核字（2019）第 214006 号

出版发行：辽宁人民出版社
地　　址：沈阳市和平区十一纬路 25 号　邮编：110003
电　　话：024-23284321（邮　购）024-23284324（发行部）
传　　真：024-23284191（发行部）024-23284304（办公室）
http://www.lnpph.com.cn

印　　刷：	天津旭丰源印刷有限公司
幅面尺寸：	145mm × 210mm
印　　张：	8.5
字　　数：	150 千字
出版时间：	2020 年 1 月第 1 版
印刷时间：	2024 年 7 月第 4 次印刷
责任编辑：	王　增
封面设计：	主语设计
版式设计：	新视点
责任校对：	耿　珺
书　　号：	ISBN 978-7-205-09747-9
定　　价：	48.00 元

寂寞是对人性的缓慢的破坏

人啊，为了使自己具有抵抗寂寞的能力，读书吧

目 录

☕ 与书为伴

无论你端盘子、开饭馆,或是工厂里的普通工人,那么多的好书就摆在那供你选择。与其怨天尤人——我没有一个好爸爸、好家庭,连朋友都在同样层面,不如看看眼前这条路,路上铺满了书。

003	为什么我们对"平凡的人生"深怀恐惧?
013	读书与人生
017	读书是最对得起付出的一件事
021	阅读一颗心
030	写作与语文
038	关于大学校园写作
046	致友人书——外国文学之影响
052	我与唐诗宋词
056	唐诗宋词的背面
073	晚秋读诗

 沉静我心

我们难道不是都清楚这样一种关于世事的真相吗？——别人用别人的思想企图说服我们往往不是那么容易的，只有自己说服了自己，自己才是某种思想的信奉者。

081　读书会让寂寞变成享受

086　读的烙印

118　享受阅读

122　我与文学

166　时间即"上帝"

169　情怀的分量

173　何妨减之

181　给自己的头脑几分尊重

186　人性薄处的记忆

192　人性似水

接近幸福

是的,在那里,在那一人群中,阅读竟成为如饥似渴的事情,带给着他们接近幸福的时光和感觉。这一发现使我大为惊异,继而大为感慨,又继而大为感动。

203　爱读的人们

210　读是一种幸福

213　我最初的故乡是书本

217　文化是我们另外的故乡

222　人生真相

236　人生和它的意义

244　让我们爱憎分明

250　世界是怎样结构的

　　　——关于《安琪拉的灰烬》之断想

254　关于《好人书卷》

258　喀戎与世界读书日

263　拾遗补缺亦可欣

与书为伴

为什么我们对"平凡的人生"深怀恐惧?

"如果在三十岁以前,最迟在三十五岁以前,我还不能使自己脱离平凡,那么我就自杀。"

"可什么又是不平凡呢?"

"比如所有那些成功人士。"

"具体说来。"

"就是,起码要有自己的房、自己的车,起码要成为有一定社会地位的人吧?还起码要有一笔数目可观的存款吧?"

"要有什么样的房,要有什么样的车?在你看来,多少存款算数目可观呢?"

"这,我还没认真想过……"

以上,是我和一个大一男生的对话。那是一所较著名的大学，我被邀做讲座。对话是在五六百人之间公开进行的。我觉得，他的话代表了不少学子的人生志向。我已经忘记了我当时是怎么回答的。然而此后我常思考如何定义一个人的平凡或不平凡，却是真的。

按《新华字典》的解释，平凡即普通。平凡的人即平民。《新华字典》特别在括号内加注——泛指区别于贵族和特权阶层的人。做一个平凡的人真的那么令人沮丧吗？倘注定一生平凡，真的毋宁三十五岁以前自杀吗？我明白那大一男生的话只不过意味着一种"往高处走"的愿望，虽说得郑重，其实听的人倒是不必太认真的。

但我既思考了，于是觉出了我们这个社会，我们这个时代，近十年来，一直所呈现着的种种文化倾向的流弊，那就是——在中国还只不过是一个发展中国家的现阶段，在普遍之中国人还不能真正过上小康生活的情况下，中国的当代文化，未免过分"热忱"地兜售所谓"不平凡"的人生的招贴画了，这种宣扬尤其广告兜售几乎随处可见。而最终，所谓不平凡的人的人生质量，在如此这般的文化这儿，差不多又总是被归结到如下几点——住着什么样的房子，开着什么样的车子，有着多少资产，于是社会给以怎样的敬意和地位。于是，倘是男人，便娶了怎样怎样的女人……

20世纪二三十年代的中国，也盛行过同样性质的文化倾向，体现于男人,那时叫"五子登科",即房子、车子、位子、票子、女子。一个男人如果都追求到了,似乎就摆脱平凡了。同样年代的西方的文化,也曾呈现过类似的文化倾向。区别乃是,在他们的文化那儿,"五子登科"是花边,是文化的副产品;而在我们这儿,在八九十年后的今天,却仿佛渐成文化的主流。这一种文化理念的反复宣扬,折射着一种耐人寻味的逻辑——谁终于摆脱平凡了,谁理所当然地是当代英雄;谁依然平凡着甚至注定一生平凡,谁是狗熊。并且,每有俨然是以代表文化的文化人和思想特别"与时俱进"似的知识分子,话里话外地帮衬着造势,暗示出更伤害平凡人的一种逻辑,那就是——一个时事造英雄的时代已然到来,多好的时代!许许多多的人不是已经争先恐后地不平凡起来了吗?你居然还平凡着,你不是狗熊又是什么呢?

一点儿也不夸大其词地说,此种文化倾向,是一种文化的反动倾向。和尼采的所谓"超人哲学"的疯话一样,是漠视,甚至是鄙视和辱谩平凡人之社会地位以及人生意义的文化倾向。是反众生的,是与文化的最基本社会作用相背离的,是对于社会和时代的人文成分结构具有破坏性的。

在这样的文化背景下成长起来的中国下一代,如果他们普遍认为最迟三十五岁以前不能摆脱平凡便莫如死掉算了,那是毫不奇怪的。

人类社会的一个真相是,而且必然永远是牢固地将普遍的平凡的人们的社会地位确立在第一位置,不允许任何意识之形态动摇它的第一位置,更不允许它的第一位置被颠覆,这乃是古今中外文化的不贰立场,像普遍的平凡的人们的社会地位的第一位置一样神圣。当然,这里所指的,是那种极其清醒的、冷静的、客观的、实事求是的、能够在任何时代都"锁定"人类社会真相的文化,而不是那种随波逐流的、嫌贫爱富的、每被金钱的作用左右得晕头转向的文化。那种文化只不过是文化的泡沫,像制糖厂的糖浆池里泛起的糖浆沫。造假的人往往将其收集了浇在模子里,于是"生产"出以假乱真的"野蜂窝"。

文化的"野蜂窝"比起街头巷尾地摊上卖的"野蜂窝",更是对人有害的东西。后者只不过使人腹泻,而前者紊乱社会的神经。

平凡的人们,那普通的人们,即古罗马阶段划分中的平民。在平民之下,只有奴隶。平民的社会地位之上,是僧侣、骑士、贵族。

但是,即使在古罗马,那个封建的强大帝国的大脑,也从未敢漠视社会地位仅仅高于奴隶的平民。作为它的最精英的思想的传播者,如苏格拉底、柏拉图、亚里士多德们,他们虽然一致不屑地视奴隶为"会说话的工具",却不敢轻佻地发出任何怀疑平民之社会地位的言论。恰恰相反,对于平民,他们的思想中有一个一脉相承的共同点——平民是城邦的主体,平民是国家的主体。没有平民的作用,便没有罗马成为强大帝国的前提。

恺撒被谋杀了,布鲁诺斯要到广场上去向平民们解释自己参与了的行为——"我爱恺撒,但更爱罗马。"

为什么呢?因为那行为若不能得到平民的理解,就不能成为正确的行为。安东尼奥顺利接替了恺撒,因为他利用了平民的不满,觉得那是他的机会。屋大维招兵募将,从安东尼奥手中夺去了摄政权,因为他调查了解到,平民将支持他。

古罗马帝国一度称雄于世,靠的是平民中蕴藏着的改朝换代的伟力。它的衰亡,也首先是由于平民抛弃了它。僧侣加上骑士加上贵族,构不成罗马帝国,因为他们的总数只不过是平民的千万分之几。

中国古代,称平凡的人们亦即普通的人们为"元元",佛教中形容为"芸芸众生",在文人那儿叫"苍生",在野史中叫"百姓",在正史中叫"人民",而相对的宪法叫"公民"。没有平凡的亦即普通的人们的承认,任何一国的任何宪法都没有任何意义,"公民"一词将因失去了平民成分而成为荒诞可笑之词。

中国古代的文化和古代的思想家们,关注着体恤"元元"们的记载举不胜举。比如《诗经·大雅·民劳》中云:"民亦劳止,汔可小康。"意思是老百姓太辛苦了,应该努力使他们过上小康的生活。比如《尚书·五子之歌》中云:"民为邦本,本固邦宁。"意思是如果不解决好"元元"们的生存现状,国将不国。而孟子干脆说:"民为贵,社稷次之,君为轻。"

而《三国志·吴书》中进一步强调:"财须民生,强赖民力,威恃民势,福由民殖,德俟民茂,义以民行。"

民者——百姓也,"芸芸"也,"苍生"也,"元元"也,平凡而普通者是也。怎么,到了今天,在改革开放的中国,在民们的某些下一代那儿,不畏死,而畏"平凡"了呢?由是,我联想到了曾与一位"另类"同行的交谈。我问他是怎么走上文学道路的,答曰:"为了出人头地。哪怕只比平凡的人们不平凡那么一点点,而文学之路是我唯一的途径。"见我怔愣,又说:"在中国,当普通百姓实在太难。"屈指算来,那是十几年前的事了。十几年前,我认为,正像他说的那样,平凡的中国人平凡是平凡着,却十之七八平凡又迷惘着。这乃是民们的某些下一代不畏死而畏平凡的症结。于是,我联想到了曾与一位美国朋友的交谈。她问我:"近年到中国,一次更加比一次感觉到,你们中国人心里好像都暗怕着什么。那是什么?"我说:"也许大家心里都在怕着一种平凡的东西。"她追问:"究竟是什么?"我说:"就是平凡之人的人生本身。"她惊讶地说:"太不可理解了,我们大多数美国人可倒是都挺愿意做平凡人,过平凡的日子,走完平凡的一生的。你们中国人真的认为平凡不好到应该与可怕的东西归在一起吗?"我不禁长叹了一口气。我告诉她,国情不同,所谓平凡之人的生活质量和社会地位,不能同日而语。我说你是出身于几代的中产阶级的人,所以你所指的平凡的人,当然是中产阶级人士。中产阶级在你们那儿是多数，平民反而是少数。美国这架国家机器，一向特别在乎你们中产阶级，亦即你所言的平凡的人们的感觉。我说你们的平凡的生活，是有房有车的生活。而一个人只要有了一份稳定的工作，过上那样的生活并不特别难。如若不能，倒是不怎么平凡的现象了。而在我们中国，那是不平凡的人生的象征。对平凡的如此不同的态度，是两国的平均生活水平所决定了的。正如一些中国的知识化了的青年做梦都想到美国去，自己和别人以为将会追求到不平凡的人生，而实际上，即使跻身于美国的中产阶级了，也只不过是追求到了一种美国的平凡之人的人生罢了……

当时联想到了本文开篇那名学子的话，不禁替平凡着、普通着的中国人，心生出种种的悲凉。想那学子，必也出身于寒门；其父其母，必也平凡得不能再平凡，普通得不能再普通。不然，断不至于对平凡那么恐慌。

也联想到了我十几年前伴两位老作家出访法国，通过翻译与马赛市一名五十余岁的清洁工的交谈。

我问他算是法国的哪一种人。

他说，他自然是一个平凡得不能再平凡、普通得不能再普通的人。

我问他羡慕那些资产阶级吗？

他奇怪地反问为什么。

是啊,他的奇怪一点儿也不奇怪。他有一幢带花园的漂亮的二层小房子;他有两辆车,一辆是环境部门配给他的小卡车,一辆是他自己的小卧车;他的工作性质在别人眼里并不低下,每天给城市各处的鲜花浇水和换下电线杆上那些枯萎的花而已;他受到应有的尊敬,人们叫他"马赛的美容师"。

所以,他才既平凡着,又满足着。甚而,简直还可以说活得不无幸福感。

我也联想到了德国某市那位每周定时为市民扫烟囱的市长。不知德国究竟有几位市长兼干那一种活计,反正不止一位是肯定的了。因为有另一位同样干那一种活计的市长到过中国,还与我见过面。因为他除了给市民扫烟囱,还是作家。他会几句中国话,向我耸着肩诚实地说——市长的薪水并不高,所以需要为家庭多挣一笔钱。那么说时,他一点儿也不觉得有什么不好意思。

马赛的一名清洁工,你能说他是一个不平凡的人吗?德国的一位市长,你能说他极其普通吗?然而在这两种人之间,平凡与不平凡的差异缩小了,模糊了。因而在所谓社会地位上,接近于实质性的平等了,因而平凡在他们那儿不怎么会成为一个困扰人心的问题。

当社会还无法满足普遍的平凡的人们的基本的愿望时,文化的最清醒的那一部分思想,应时时刻刻提醒着社会来关注此点,而不是反过来用所谓不平凡的人们的种种生活方式刺激前者。尤其是,当普遍的平凡的人们的人生能动性,在社会转型期受到惯力的严重甩掷,失去重心而处于茫然状态时,文化的最清醒的那一部分思想,不可错误地认为他们已经不再是地位处于社会第一位置的人们了。

无论过去、现在,还是将来,平凡而普通的人们,永远是一个国家的绝大多数人。任何一个国家存在的意义,都首先是以他们的存在为存在的先决条件的。

一半以上不平凡的人皆出自于平凡的人之间。这一点对于任何一个国家都是同样的。因而平凡的人们的心理状态,在一定程度上几乎成为不平凡的人们的心理基因。倘文化暗示平凡的人们其实是失败的人们,这的确能使某些平凡的人们通过各种方式变成较为"不平凡"的人;而从广大的心理健康的、乐观的、豁达的、平凡的人们的阶层中,也能自然而然地产生较为"不平凡"的人们。

后一种"不平凡"的人们,综合素质将比前一种"不平凡"的人们方方面面都优良许多。因为他们之所以"不平凡"起来,并非由于害怕平凡。所以他们"不平凡"起来以后,也仍会觉得自己其实很平凡。

而一个由不平凡的人们都觉得自己其实很平凡的人们组成的国家,它的前途才真的是无量的。反之,若一个国家里有太多这样的人——只不过将在别国极平凡的人生的状态,当成在本国证明自己是成功者的样板,那么这个国家是患着虚热症的。好比一个人脸色红彤彤的,不一定是健康,也可能是肝火,也可能是结核晕。

我们的文化,近年以各种方式向我们介绍了太多太多的所谓"不平凡"的人士了,而且,最终往往地,对他们的"不平凡"的评价总是会落在他们的资产和身价上,这是一种穷怕了的国家经历的文化方面的后遗症。以至于某些呼风唤雨于一时的"不平凡"的人,转眼就变成了些行径苟且的、欺世盗名的,甚至罪状重叠的人。

一个许许多多人恐慌于平凡的社会,必层出如上的"不平凡"之人。

而文化如果不去关注和强调平凡者第一位置的社会地位,尽管他们看上去很弱,似乎已不值得文化分心费神——那么,这样的文化,也就只有忙不迭地不遗余力地去为"不平凡"起来的人们大唱赞歌了,并且在"较高级"的利益方面与他们联系在一起,于是眼睁睁不见他们之中某些人"不平凡"之可疑。

这乃是中国包括传媒在内的文化界、思想界,包括某些精英们在内的思想界的一种势利眼病……

读书与人生

谈到读书，我希望孩子们从小多读一些娱乐性的、快乐的、好玩的、富有想象力的书，不应该让孩子们看卡通时仅仅觉着好玩。儿童卡通书一定要有想象力。西方儿童读物最具有想象的魅力，但是这种想象的魅力并不是孩子们在阅读时自然而然地就会感觉到的，一定要有成年人在和他们共同讨论中来点拨一下。

未来中国人和西方人的一个区别恐怕就在想象力上，科技的成果就和想象力有关。我们孩子的想象力是低于西方某些发达国家的，而且不只是孩子们的想象力，我们文艺创作者的想象力也是低于西方人的。如果人家在想象力方面的智商是"十"，那么我们的想象力恐怕只有"三"或"四"，这是由于整个科技的成果决定了想象力。

我希望青年们读一点儿历史书籍，不一定从源头开始读起，但至少要把近现代史读一读，至少要"了解"一些。这个"了解"非常重要！我刚调到大学时曾经想在第一学期不给学生讲中文课，也不讲创作和欣赏，只讲从20世纪50年代到90年代中国人的生活状况，怎样过日子，怎样生活。当年一个学徒工中专毕业之后分到工厂里，一个月十八元的工资仅相当于今天的两美元多一点儿，三年之后才涨到二十四元。结婚时，他们的房子怎么样，当年的幸福概念是什么。

我在那个年代非常盼望长大，我的幸福概念说来极为可笑。当时我们家住的房子本来已经非常破旧，是哈尔滨市大杂院里边窗子已经沉下去的那种旧式苏联房，屋顶也是沉下去的。但是一对年轻人就在那个院子里结婚了，他们接着我家的山墙边上盖起了只有十几平方米的小房子，北方叫作"偏厦子"，就是一面坡的房顶，自己脱坯做点砖，抹一点儿黄泥。那个年代还找不到水泥，水泥是紧缺物资，想看都看不到。用黄泥抹一抹窗台，找一点儿石灰来刷白了四壁就可以了。然后男人要用攒了很长时间的木板自己动手打一张小双人床和一张桌子。没有电视，也买不起收音机。那时的男人们都是能工巧匠，自己居然能组装出一台收音机，而且自己做收音机壳子。我们家里没有收音机，我就跑到他们家里，坐在门槛上听那个自己组装、自己做壳子的收音机里播放的歌曲和相声。丈夫一边听着一边吸着卷烟，妻子靠在丈夫的怀里织着毛活，那个年代要搞到一点儿毛线也是不容易的。

那就给我造成一种幸福的感觉,我想自己什么时候长到和这个男人一样的年龄,然后娶一个媳妇,有这样一个小屋子,等等。今天对年轻人讲这些,不是说我们的幸福就应该是那样的,而是希望他们知道这个国家是从什么样的起点上发展起来的,至少要了解自己的父兄辈是怎样过来的。应该让他们知道能够走进大学的校门,父母付出了很多。现在年轻人所谓的人生意义,就是怎么使自己活得更快乐,很少有孩子想过,爸妈的人生意义是什么。如果许多父母都仅仅考虑自己人生的意义、人生的得失,那么可能就没有今天许多坐在大学里的孩子,或者这些孩子根本就不可能坐在大学里。我们的孩子如果连这一点也不懂的话,那是令人遗憾的,所以要读一点儿历史。

中年人要读一点儿诗呀,散文呀,因为我们要理解这样的事情,就是孩子们今天活得也不容易,竞争如此激烈。我们总让他们读一些课本以外的书,但如果一个孩子在上学的过程中读了太多课外书,他可能就在求学这条路上失策了,能进入大学校门绝对证明你没读什么课本以外的书。孩子们的全部头脑现在仅仅启动了一点儿,就是记忆的头脑、应试的头脑,对此,要理解他们,不能求全责备,他们现在是以极为功利的方式来读书,因为只能那样。但对于中年人,从前"四十而不惑",我已到"知天命"之年,应该读一点儿性情读物。我不喜欢看所谓王朝影视,因为有太多的权谋,我从来不看权谋类的书。

我建议，首先女人们不看这类书，男人们也可以不看。我们的人生真的时时刻刻与权谋有那么紧密的关系吗？到六十岁的时候，哪怕你就是权谋场上的人，也可以不看了吧！可以看一些性情读物，想读什么就读什么，而且要看那种淡泊名利的。你能留给自己的人生还有多少时光呢？建议老年人要看一些青少年的读物，了解青少年在看什么书，用他们的书来跟他们交谈。老同志不妨读一点儿儿童读物，也要看一点儿卡通，同时要回忆自己孩提时读过哪些书。格林兄弟、安徒生的童话中是不是还有值得讲给今天孩子们听听的。我感觉下一代在成长过程中是特别孤独的，他们很寂寞。

父母在很大程度上不可能成为儿童成长过程中的玩伴，他们工作非常紧张。孩子到了幼儿园，老师和阿姨们如何管理呢？第一听话，第二老实。然后呢，最多讲讲有礼貌、讲卫生、唱点儿儿歌，如此而已。所以孩子们在幼儿园这个学龄前阶段是拘谨的，孩子在一起玩也是不放松的。在孩子们成长过程中，如果家庭环境是上有哥姐下有弟妹，并能够和街坊四邻的孩子一起任性地玩耍，那是最符合孩子天性的。

现在的孩子非常孤单，非常寂寞。孩子身上有总体的幽闭和内向的倾向。爷爷、奶奶读书之后和他们做隔代的交流、做隔代的朋友，而孩子读书时不和他们交流，书就会白读。有些书的内容、书的智慧一定是在交流过程中才产生出来的。

读书是最对得起付出的一件事

我很幸运,我的外祖父喜欢读书,为母亲读了很多唱本,所以,虽然母亲是文盲,但能给我讲故事。到少年时期,我认识了一些字,看小人书、连环画。那个年代,小人书铺的店主会把每本新书的书皮扯下来,像穿糖葫芦一样穿成一串,然后编上号、挂在墙上,供读者选择。由于囊中羞涩,你要培养起一种能力——看书皮儿,了解这本书讲的故事是中国的还是外国的,是古代的还是当代的,从而作出判断,决定究竟要不要花两分钱来读它。

小学四五年级,我开始看文学类书籍。从1949年到1966年我上中学期间,全国出版的比较著名的长篇小说也就二十几部,另外还有一些翻译的外国小说,加在一起不会超过五六十部。我差不多在那个时期把这些书都读完了,下乡之后就成了一个心中有故事的人。

从听故事、看小人书到读名著，可以说这是一脉相承的——没有听过故事的人很难对小人书产生兴趣，长大以后自然也不会爱读书。可见，家庭环境对培养子女阅读习惯有多重要！

好人是个什么概念？好人是天生的吗？我想，有一部分是跟基因有关的，就像我们常说的"善根"。但是，大多数人后天是要变化的，正如三字经所讲的"人之初，性本善，性相近，习相远"。当年，我们拿起的任何一本书，有个最基本的命题，就是善，或者说人道主义。我们读书时，会对书中的正面人物产生敬意，继而以其为榜样，他们怎么做，我们也会学着做。学的多了，也就自然而然地走上了这条路。可以得出一个结论：一个人读了很多好书，他很可能是个好人。我实实在在地感受到了书籍对自己的改变，在"底色"的层面影响了我。因此，我对书籍的感激超越常人。

在互联网时代，我们看到很多暴力、色情等不良内容。这是网络文化产生以后，全世界所面临的共同性问题。但是，我们也必须看到一点，外国人很快就从这个泡沫中摆脱出来了——他们过了一把瘾，明白电脑和手机只不过是工具，没营养的内容很浪费时间；而且，这些不良内容就像无形的绳子，套住你的品位使劲往下拽，往往还是"下无止境"的。如果我们的亲人和朋友们也成了这种低俗文化娱乐的爱好者，我们也会感到悲哀。

咱们的电视节目跟五六年前相比已经发生了变化——不仅仅以"逗乐"为唯一目的了，加进了友情、亲情的温暖和对是非对错的判断。这些正面的社会价值观开始不断进入我们的视野。当然，节目本身的品质也是重点。要相信，我们的大多数创作者会逐渐体会到：不应该只停留在"逗乐"的层次上。至于网络上的不良内容和受众人群，我感到遗憾——有那么多好的书、好的文章给读者带来各种美好的可能性，你为什么偏要往那么低下的方向走呢？娱乐也是需要体面的。看一本《金瓶梅》说明不了什么，但如果只找这类书和片段来看就有问题了。这样做人不就被毁了吗？在当代社会，这样的人已经和那些文字垃圾变成同一堆了。现在，有些青年就愿意沉浸在那样的泡沫里，那就不要抱怨你的人生没有希望。

个人有没有文化自信？当然有。在日常生活中，我就经常看到许多人处于自卑的状态，哪怕他们成了有钱人，当了官，一谈到文化，他们就不自信了。而我也接触过一些普通人，他在文化上是自信的，可以和任何人平等地谈某一段历史、某一个话题。书和人的关系就在这儿——在教育资源、社会资源等方面，你无法跟那些出身于上层社会富裕家庭的孩子相比；但在读书这件事上，你们是平等的。无论你端盘子，开饭馆，或是工厂里的普通工人，那么多的好书就摆在那供你选择。与其怨天尤人——我没有一个好爸爸、好家庭，连朋友都在同样层面，不如看看眼前这条路，路上铺满了书。

读书是最对得起付出的一件事，你多读一本好书，就会对你产生影响。实际上，除了书籍，没有其他的方式能够使普通青年朝向学者、作家这条路走过去。只要你曾经花过十年或者更多的时间去读好书，无论做什么，都有自信。

我们年轻时手头很紧，花八角钱买一本书也会犹豫。现在的经济条件好了太多，一本书即便是四五十元，也不过就是一场电影票的钱，年轻人却不愿意读书了。现在，中国人口已经超过十四亿，而我们的读书人口比例的世界排名是很靠后的，和发达国家的差距很大。在地铁上，满眼望去，在一万个人里可能都挑不出一个有读书习惯的人。在现实生活中，从一个人的言行中就能看到他们的父母与家庭，以及更深层次的文化背景。那些只顾着"追星"的"追星族"还能活到什么高度？其实，我这么说的时候，包含着一种心疼。

阅读一颗心

在为到大学去讲课做些必要的案头工作的日子里,又一次思索关于文学的基本概念,如现实主义、理想主义以及现实主义与浪漫主义的相结合等。毫无疑问,对于我将要面对的大学生们,这些基本的概念似乎早已陈旧,甚而被认为早已过时。但,万一有某个学生认真地提问呢?

于是想到了雨果,于是重新阅读雨果的作品,于是一行行真挚的、热烈得近乎滚烫的、充满了诗化和圣化意味的句子,又一次使我像少年时一样被深深地感动。坦率地说,生活在仿佛每一口空气中都分布着物欲元素和本能意识的今天,我已经根本不能像少年时的自己一样信任雨果了。但我还是被深深地感动。依我想来,雨果当年所处的巴黎,其人欲横流的现状比之世界的今天肯定有过之而无不及,人性真善美所必然承受的扭曲力,也肯定比今天强大得多,这是我不信任他笔下那些接近着道德完美的人物之真实性的原因。但他内心里怎么就能够激发起塑造那样一些人物的炽烈热情呢?倘不相信自己笔下的人物在自己所处的时代是有依据存在着的,起码是可能存在着的,作家笔下又怎会流淌出那么纯净的赞美诗般的文字呢?这显然是理想主义高度上升作用于作家大脑之中的现象。我深深地感动于一颗作家的心灵,在他所处的那样一个四处潜伏着阶级对立情绪、虚伪比诚实在人世间获得更容易的自由,狡诈、贪婪、出卖、鹰犬类人也许就在身旁的时代,居然仍对美好人性抱着那么确信无疑的虔诚理念。

是的,我今天又深深地感动于此,又一次明白了我一向喜欢雨果远超过左拉或大仲马们的理由,我个人的一种理由;并且,又一次因为我在同一点上的越来越经常的动摇,而自我审视,而不无羞惭。

那么,让我们来重温一部雨果的书吧,让我们来再次阅读一颗雨果那样的作家的心吧。比如,让我们来翻开他的《悲惨世界》——前不久电视里还介绍过由这部名著改编的电影。

一名苦役犯逃离犯人营以后,可以"变成"任何人,当然也包括"变成"一位市长。但是"变成"一位好市长,必定有特殊的原因。

米里哀先生便是那原因。

米里哀先生又是一个怎样的人呢?

他曾是一位地方议员，一位"着袍的文人贵族"的儿子。青年时期，还曾是一名优雅、洒脱、头脑机灵、绯闻不断的纨绔子弟。今天，我们的社会里，米里哀式的纨绔子弟也多着呢。"大革命"初期这名纨绔子弟逃亡国外，妻子病死异乡。当这名纨绔子弟从国外回到法国，却已经是一位教士了。接着做了一个小镇的神父。斯时他已上了岁数，"过着深居简出的生活"。

他曾在极偶然的情况下见到了拿破仑。

皇帝问："这个老头儿老看着我，他是什么人？"

米里哀神父说："你看一个好人，我看一位伟人，彼此都得益吧。"

由于拿破仑的暗助，不久他由神父变成了主教大人。

他的主教府与一所医院相邻，是一座宽敞美丽的石砌公馆。医院的房子既小又矮。于是"第二天，二十六个穷人（也是病人）住进了主教府，主教大人则搬进了原来的医院"。国家发给他的年薪是一万五千法郎。而他和他的妹妹及女仆，每月的生活开支仅一千法郎，其余全部用于慈善事业。那一份由雨果为之详列的开支，他至死没变更过。省里每年都补给主教大人一笔车马费，三千法郎。在深感每月一千法郎的生活开支太少的妹妹和女仆的提醒之下，米里哀主教去将那一笔车马费讨来了。因而遭到了一位小议院议员的诋毁，向宗教事务部长针对米里哀主教的车马费问题打了一份措词激烈的秘密报告，大行文字攻击之能事。但米里哀主教将那每月三千法郎的车马费，又一分不少地用于慈善之事了。他这个教区，有三十二个本堂区，四十一个副本堂区，二百八十五个小区。他去巡视，近处步行，远处骑驴。他待人亲切，和教民促膝谈心，很少说教。后一点在我看来尤其可敬。他是那么关心庄稼的收获和孩子们的教育情况。"他笑起来，像一个小学生。"他嫌恶虚荣。"他对上层社会的人和平民百姓一视同仁。""他从不下车伊始就不顾实际情形胡乱指挥。他总是说：'我们来看看问题出在哪里。'"他为了便于与教民交心而学会了各种南方语言。

一名杀人犯被判死刑，前夜请求祈祷。而本教区的一位神父不屑于为一名杀人犯的灵魂服务。主教大人得知后，没有批评，没有下达什么指示，而是亲自去往监狱，陪了犯人一整夜，安抚他战栗的心。第二天，还陪着上囚车，陪着上断头台……

他反对利用"离间计"诱使犯人招供。当他听到了一桩这样的案件，当即发表庄严的质问："那么，在哪里审判国王的检察官先生呢？"

他尤其坚决地反对市侩哲学。逢人打着唯物主义的幌子贩卖市侩哲学，就会立刻冷嘲热讽，而不顾对方的身份是一名尊贵的议员……

雨果干脆在书的目录中称米里哀主教为"义人"，正如泰戈尔称甘地为"圣雄甘地"；还干脆将书的一章的标题定为"言行一致"，而另一章的标题定为"主教大人的袍子穿得太久了"，正如我们共产党人的好干部，从前总是有一件穿得太久了补了又补的衣服……

雨果详而又详地细写主教大人的卧室，它简单得几乎除了一张床另无家具。冬天他还会睡到牛栏里去，为的是节省木柴（价格昂贵），也为了感受牛的体温。而他养的两头奶牛产的奶，一半要送给医院的穷病人。而他夜不闭户，为的是使找他寻求帮助的人免了敲门等待的时间……

他远离某些时髦话题，嫌恶空谈，更不介入无谓的争辩。在他那个时代诸如王权和教权谁应该更大的问题一直纠缠着辩论家们。

而米里哀主教最使我们中国人钦服的，也许是这么一点——虽是一位德高望重的主教，却谦卑地认为"我是地上的一条虫"。米里哀主教大人作为一个人，其德行已经接近完美了。雨果塑造他的创作原则，也与我们中国人塑造"样板戏"人物的原则如出一辙而又先于我们，简直该被我们尊称为老师了。

我将告诉我的学生们，那就是经典的理想主义文本了，那就是经典的理想主义文学人物了。

于是，冉·阿让被米里哀主教收留一夜；陪吃了饱饱的一顿晚餐；半夜醒来却偷走了银器，天一亮即被捉住，押解了来让米里哀主教指认，主教却当其面说是自己送给他的，也就一点儿也不奇怪了。主教非但那么说，而且头脑里也这么认为——银器不是我们的，是穷人的，"他"显然是个穷人，所以他只不过是拿走了属于自己的东西而已。

于是，冉·阿让"变成"马德兰先生、马德兰市长以后，德行上那么像另一位米里哀，在雨果笔下也就顺理成章了。其生活俭朴像之；其乐善好施像之；其悲悯心肠像之；其对待沙威警长的人性胸怀像之。总之，几乎在一切方面都有另一位米里哀的影子伴随着他。一个米里哀死了，另一个米里哀在《悲惨世界》中继续前者未竟的人道事业。

连沙威也是极端理想主义的——因为绝大多数现实生活中的沙威们，其被异化了的"良心"是很不容易醒悟的。即使偶一转变，也只不过是一时一事的。过后在别时别事，仍是沙威们。人性的感召力对于沙威们，从来不可能强大到使他们投河的程度。他们的理念一般是由对人性的反射屏装点着的……

米里哀主教大人死时已八十余岁，且已双目失明。他的妹妹一直与他相依为命。雨果在写到他们那种老兄妹关系时，用极尽浪漫的、诗化的、圣化的赞美笔触："有爱就不会失去光明。而且这是何等的爱啊！这是完全用美德铸成的爱！心明就会眼亮。心灵摸索着寻找心灵，并且找到了。这个被找到被证实的灵魂是个女人。有一只手在支持你，这是她的手；有一张嘴在轻吻你的额头，这是她的嘴；你听见身边呼吸的声音，这是她，一切都得自于她,从她的崇拜到她的怜悯,从不离开你,一种柔弱的甜蜜的力量始终在援助你,一根不屈不挠的芦苇在支持你,伸手可以触及天意,双手可以将它拥抱,有血有肉的上帝,这是多么美妙啊……她走开时像个梦,回来时却是那么的真实。你感到温暖扑面而来,那是她来了……女性的最难以形容的声音安慰你,为你填补一个消失的世界……"

有这样一个女人在身旁,雨果写道:"主教大人从这一个天堂去了另一个天堂。"

如果忘记一下《悲惨世界》,那么读者肯定会作如是之想:这是《少年维特之烦恼》里炽烈的初恋渴望吧?这是《罗密欧与朱丽叶》中心上人对心上人的痴爱的倾诉吧?

但雨果写的是八十余岁的主教与他七十余岁的妹妹之间的感情关系。这是迄今为止,世界文学史上仅有的一对老年兄妹之间的感情关系的绝唱,使我们在被雨果的文字感染的同时,难免会觉得怪怪的。因为在现实生活中,一对老年兄妹或一对老年夫妇,无论他们的感情何等的深长,到了七八十岁的时候,也趋于俗态,甚至会变得只不过像两个在一起玩惯了的儿童……

那么我将告诉我的学生们,那就是浪漫主义的经典文本了。

雨果完成《悲惨世界》时,已然六十岁。他与某伯爵夫人的柏拉图式的婚外恋情,也已持续了二十余年。他旅居国外时,她亦追随而至,住在仅与雨果的住地隔一条街的一幢楼里,为的是他可以很方便地见到她。故我简直不能不怀疑，雨果所写，也许更是他自己和她之间的那一种状态。雨果死时，和他笔下的米里哀主教同寿，都是八十三岁。这一偶然似乎具有神秘性。

《悲惨世界》的创作使命，倘仅仅为塑造两个德行完美的理想人物而已，那么雨果就不是雨果了。这是一部几乎包罗社会万象的书。随后铺展开的，是全景式的法国时代图卷。尤其将巴黎公社起义这一大事件纳入书中，无可争议地证明了雨果毕竟是雨果。

那么，我将告诉我的学生们，那便是现实主义的经典文本了。

我还将告诉我的学生们，在现实主义与理想主义、现实主义与浪漫主义相结合方面，与雨果同时代的全世界的作家中，几乎无人比雨果做得更杰出。

而雨果的理想主义，始终是对美好人性和人道原则的文学立场的理想主义。这是绝不同于一切文学的政治理想主义的一种文本，故是文学的特别值得尊敬的一种品质。

在雨果的理念之中，人道原则是高于一切的。

我极其尊敬这一种理念。无论它体现于文学，还是体现于现实。

我深深地感动于一颗作家的心，对人道原则终生不变地恪守。我的感动，使我不因雨果在这一点上有时过分不遗余力的理想主义激情而臧否于他。如果我未来的学生们中竟有将自己的人生无怨无悔地奉献给文学者，我祈祝他们做得比我这一代作家好……

写作与语文

每自思忖,我之沉湎于读和写,并且渐成常习,经年又年,进而茧缚于在别人们看来单调又呆板的生活方式,主观的客观的原因自然是多方面的。

世上有懒得改变生活方式的人。

我即此族同类。

但,我更想说的是,按下原因种种不提——我之所以爱读爱写,实在的,也是由于爱语文啊!

我是从小学三年级开始偏科于语文的。在算术和语文之间,我认为,对于普通的小学三年级生,本是不太会有截然相反的态度的。普通的小学三年级生更爱上语文课,也许只不过因为算术课堂上没有集体朗读的机会。而无论男孩儿女孩儿,聚精会神背手端坐一上午或一下午,心理上是很巴望可以大声地集体朗读的机会的。那无疑是对精神疲惫的缓解。倘还有原因，那么大约便是——算术仅以对错为标准，语文的标准还联系着初级美学。每一个汉字的书写过程，其实都是一次结构美学的经验过程。而好的造句则尤其如此了……

记得非常清楚，小学三年级上学期的语文课本中，有一篇《山羊和狼》：山羊妈妈出门打草，临行前叮嘱三只小山羊，千万提防着，别被大灰狼骗开了门，妈妈敲门时会唱如下一支歌：

小山羊儿乖乖，
把门儿开开，
妈妈回来了，
妈妈来喂奶……

那是我上学后将要学的第一篇有一个完整故事的课文。它是那么地吸引我，以至于我手捧新课本，蹲在教室门外看得入神。语文老师经过，她好奇地问我看的什么书，见是语文课本，眯起眼注视了我几秒，什么也没再说，若有所思地走了……

几天后她讲那一篇课文。"我们先请一名同学将新课文的内容叙述给大家听！"——接着她把我叫了起来。教室里一片肃静。同学们皆困惑，不知所以然。我毫无心理准备，一时懵懂，但很快就镇定了下来。普通的孩子对吸引过自己的事物，无论那是什么,都会显示出令大人们惊讶的记忆力。我几乎将课文一字不差地背了下来……同学们对我刮目相看了。那一堂语文课对我意义重大。以后我的语文成绩一直不错,更爱上语文课了。

我认为,大人们——家长也罢,托儿所的阿姨也罢,小学或中学教师也罢,在孩子们成长的过程中,若善于发现其爱好,并以适当的方式提供良好的机会,使之得以较充分的表现,乃是必要的。一幅画,一次手工,一条好的造句,一篇作文,头脑中产生的一种想象,一经受到勉励,很可能促使人与文学、与艺术、与科学系成终生之结。

我对语文的偏好一直保持到初中毕业。当年我的人生理想是考哈尔滨师范学校,将来当一名小学语文老师。我的中学老师们和同学们几乎都知道我当年这一理想。但"文革"斩断了我对语文的偏爱。于是习写成了我爱语文的继续。在成为获全国小说奖的作家以后,我曾不无得意地作如是想——那么现在,就语文而言,我再也不必因自己实际上只读到初中三年级而自叹浅薄了!在我写作的前十余年始终有这一种得意心理。直至近年才意识到我想错了。语文学识的有限,每每直接影响我写作的质量。

运交华盖欲何求,未敢翻身已碰头。

我初三的语文课本中没有鲁迅那一首诗。当然也没谁向我讲解过,"华盖运"是噩运而非幸运。二十余年间我一直望文生义地这么以为——"罩在华丽帷盖下的命运"。也曾疑惑,运既达,"未敢翻身已碰头"句,又该作何解呢?却并不要求自己认认真真查资料,或向人请教,讨个明白。不明白也就罢了,还要写入书中,以其昏昏,使人昏昏。此浅薄已有刘迅同志在报上指出,此不啰唆。

读《雪桥诗话》,有"历下人家十万户,秋来都在雁声中"句,便又想当然地望文生义,自以为是凭高远眺,十万人家历历在目之境。但心中委实地常犯嘀咕,总觉得历历在目是不可以缩写为"历下"二字的。所幸同事中有毕业于北师大者,某日乘兴,朗朗而诵,其后将心中困惑托出,虔诚求教。答曰:"历下"乃指山东济南。幸而未引入写作中,令读者大跌眼镜……

儿子高二语文期中考试前,曾问我:"身无彩凤双飞翼,心有灵犀一点通"句,出自何代诗人诗中?我肯定地回答:宋代翰林学士宋子京的《鹧鸪天》。儿子半信半疑:爸你可别搞错了误导我呀!我受辱似的说:呔,什么话!就将你爸看得那么学识浅薄?于是卖弄地向儿子讲"蓬山不远"的文人情爱逸事:子京某日经繁台街,忽然迎面来了几辆宫中车子,闻一香车内有女子娇呼:"小宋!"——归后心怅怅然,作《鹧鸪天》云:画毂雕鞍狭路逢,一声肠断绣帘中。身无彩凤双飞翼,心有灵犀一点通……

儿子始深信不疑。语文卷上果有此题,结果儿子丢了五分。

我不禁嘿嘿然双手出汗。若是高考，五分之差，有可能改写了儿子的人生啊！众所周知，那当然是李商隐的诗句。子京《鹧鸪天》，不过引前人诗句耳。某日我在办公室中，有同事笑问近来心情，戏言曰：悲欣交集。两位同事，一毕业于师大；一先毕业于师大，后为电影学院研究生。听后连呼：高深了！高深了……一时又不禁地疑惑，料想其中必有我不明所以的知识，遂究根问底。他们反问：真不知道？我说：真的啊！别忘了我委实是不能和你们相比的呀，我只有初三的语文程度啊！于是告我——乃弘一法师圆寂前的一句话。

我至今也不知"华盖运"何以是噩运。

至今也不知"历下"何以是济南。

所谓知其一不知其二。虽也遍查书典，却终无所获。某日在北京电视台前遇老歌词作家，忍不住虚心求教，竟将前辈也问住了……

几年前，我还将"莘莘学子"望文生义地读作"辛辛学子"。

有次在大学里座谈，有"辛辛"之学子递上条子来纠正我。条子上还这么写着——正确的发音是 shēn，请当众读三遍。

我当众读了六遍。自觉自愿地多用拼音法读了三遍，从此不复再读错。

在相当长的时期，我仅知"耄耋"二字何意，却怎么也记不住发音。有时就这么想——唉，汉字也太多了，眼熟，不影响用就行了吧!

某次在中国妇女出版社一位编辑的陪同之下出差,机上忍不住请教之。但毕竟记忆力不像小学三年级时了,过耳即忘。空中两小时,所问四五次。发音是记住了,然不明白为什么汉字非用这一词形容八九十岁的老人,是源于汉字的象形呢,还是成词于汉字结构的组意?

三十五六岁后才从诗词中读到"稼穑"一词。

我爱读诗词,除了觉得比自言自语让人看着好些,还有一非常功利之目的——多识生字。没人教我这个只有初三语文程度的作家再学语文了,只有自勉自学了。

一个只有初三语文程度的人,能识多少汉字?不过三千多吧?从前以为,凭了所识三千多汉字,当作家已绰绰有余了吧。不是已当了不少年作家,写了几百万字的小说了嘛!

如今则再也不敢这么以为了。三千多汉字,比经过扫盲的人识的字多不到哪儿去呀。所读书渐多,生词陌字也便时时入眼,简直就不敢不自知浅薄。

望文生义,最是小学生学语文的毛病。因为小学生尚识字不多,见了一半认得一半不认得的字,每每蒙着读,猜着理解。这在小学生不失为可爱,毕竟体现着一种学的主动。大抵地,那些字老师以后还会教到,便几乎肯定有纠正错谬的机会。但到了中学高中,倘还有此毛病,则也许渐成习惯。一旦成为习惯,克服起来就不怎么容易了。并且,会有一种特别不正常的自信,仿佛老师竟那么教过,自己也曾那么学过,遂将错谬在头脑之中误认为正确。倘周围有认真之人,自也有机会被纠正;倘并非如此幸运,那么则也许将错谬当正确,错上几年,十几年,乃至二十几年矣……

"悖论"的"悖"字,我读为"勃"音,大约有三年之久。我中学时当然没学过这个字。而且,我觉得,"悖论"一词,似乎是在"文革"结束以后,80年代初,才在中国的报刊和中国人的话语中渐被频繁"启用"。也许是因为,中国人终于敢公开地论说悖谬现象了。我是偶尔从北京教育电视台的高中语文辅导节目中知道了"悖"字的正确发音的。

某日我问一位在大学做中文系教授的朋友:我常将"悖论"说成"勃论",你是否听到过?他回答:在几次座谈会上听到你发言时那么说。又问:何以不纠正?回答:认为你在冷幽默,故意那么说的。再问:别人也像你这么认为的?回答:想必是的吧?要不怎么别人也没纠正过你呢?你一向板着脸发言,谁知你是真错还是假错……我也不仅在语文基础知识方面浅薄到这种程度,在历史常识方面同样浅薄。记不得在我自己的哪一篇文章中了,我谈到哥白尼坚持"日心说"被宗教势力处以火刑……有读者来信纠正我——被处以火刑的非哥白尼,而是布鲁诺……我不信自己在这一点上居然会错,偷偷翻儿子的历史课本。我对中国历史上王朝更替,皇室权谋,今天你篡位,明天我登基的事件,一点儿也不能产生中国许多男人产生的那种大兴趣。一个时期电视里的清代影视多得使我厌烦,屏幕上一出现黄袍马褂我就脑仁儿疼。但是为了搞清那些令我腻歪的皇老子皇儿皇孙们的关系,我每不惜时间陪母亲看几集,并向母亲请教。老人家倒是能如数家珍一一道来。中国的王朝历史真真可恨之极,它使那么多那么多一代又一代的中国人,包括我母亲这样的"职业家庭妇女",直接地将"历史"二字就简单地理解为皇族家史了……

一个实际上只有初中三年级文化程度的男人成了作家,就一个男人的人生而言,算是幸事;就作家的职业素质而言,则是不幸吧?起码,是遗憾吧……写作的过程迫使我不能离开书,要求我不断地读、读、读……读的过程使我得以延续初中三年级以后的语文学习……我是一个大龄语文自修生。

关于大学校园写作

这当然是一个挺文学的话题。

但我以为这还并不是一个"纯粹"的文学的话题,亦即不是探讨文学本身诸元素的话题。是的,它与文学有关,却只不过是一种表浅的关系。

我理解这个话题的意思其实是这样的——在大学校园里,大学生们普遍以哪几类状态写作?我倾向于鼓励哪几种状态的写作?

我想,大致可以归结如下吧:

第一,性情写作。

中国古典诗词中此类写作的"样品"比比皆是。如诸位都知道的杜甫的诗句"两个黄鹂鸣翠柳,一行白鹭上青天";如陶渊明的"采菊东篱下,悠然见南山";如李清照的"知否,知否,应是绿肥红瘦";如王勃的"青山高而望远,白云深而路遥";等等。在我这儿,便都视为性情写作。既曰性情写作,定当有写的闲情逸致。有时候给别人的印象是闲情逸致得不得了,也许在作者却是"伪装",字里行间隐含的是忧思苦绪。有时给人的印象是忧思苦绪满纸张,也许在作者那儿却是"为赋新词强说愁"。最根本的一点是,这一类写作往往毫无功利性,几乎完全是个人心境的记录,不打算发表了博取赞赏,甚至也不打算出示给他人看。此类写作,于古代诗人词人而言乃极为寻常之事。现代的人中,较少有如此这般的现象了。然而我以我眼扫描大学校园写作现象,发现大学生中确乎是有这样的写作之人的。他们和她们,多少还有点儿清高,不屑于向校报和校刊投稿。哪怕它们是爱好文学的同学们自己办的。

我是相当肯定这一类写作状态的。依我想来,这证明着写作与人的最自然最朴素的一种关系。好比一个人兴之所至,引吭高歌或轻吟低唱甚或手舞足蹈。这一类写作,它是为自己的性情"服务"的写作。我们的性情在写的过程中能摆脱浮躁和乖张以及怪戾之气。即使原本那样着,一经写毕,往往也就自行排遣了大半。但我又不主张人太过清高,既写了,自认为不错的话,何妨支持支持办刊的同学。不是说一个好汉还需要三个帮吗?遭退稿了也不必在乎。因为原本是兴之所至自己写给自己看的呀!

第二,感情写作。

感情写作，在我这儿之所以认为与性情写作有些区别，乃因这一类写作，往往几乎是不写不行。不写，便过不了那一道感情的"坎儿"。只有写出，感情才会平复一些。那感情，或是亲情，或是爱情，或是友情，或是乡情，或是人心被事物所系所结分解不开的某一种情。通过写，得以自缓。比如李白的《静夜思》；比如杜甫想念李白的诗，王维想念友人的诗；比如季羡林、萧乾、老舍忆母亲的文章；比如朱德的《回忆我的母亲》，无不是感情极真极挚状态之下的写作。与性情写作之写作为性情"服务"相反，这一类写作往往体现为感情为写作"服务"。我的意思是，感情反而是一个载体了，它选择了写作这一种方式来寄托它、来流露它、来表达它。它的品质是以"真"为前提的，不像性情写作，往往有意识或无意识地追求"美""酷""雅"，甚或一味希望表现"深刻""前卫""另类"什么的。它更没有半点儿"为赋新词强说愁"的矫揉造作；它有时也许是仓促的、粗糙的，直白而不讲究任何写作章法和技巧的，但即使那样，它的基本品质也仍是"真"的。而纵然写它的人是清高的、孤傲的、睥睨众生的，一经写出，那也是不拒绝任何人成为读者的。因为他或她实际上希望自己记录了的感情，让更多的人知道、理解、认同。只有这样，那些"债"似的感情，才算偿还了。人性的纠缠之状，才得以平复。心灵的结节，才得以舒展，由此生长出感激。此时人将会明白感激他人，感激人生，感激世界包括感激写作本身，对自己的心灵是多么的必要。

我尤其主张同学们最初进行这样的写作。原因不言自明。如果诸位竟真的不明白,我便更无话可说。我在你们中,太少发现这类写作。笔连着心的状态之下的写作,人更容易领会写作这件事的意味。如果说我也发现过这类写作,那十之八九是记录你们的校园恋情的。我绝不反对校园恋情写作。但诸位似应想一想,问一问自己,值得一写的感情,除了恋情这一件事,在自己内心里,是否还应有别的。确实还有别的,与确实一无所有,对人心而言,状况大为不同。

第三,自悦写作。

这是一种主要由"喜欢"所促进着的一类写作状态。"喜欢"的程度即是牵动力的大小。性情写作往往是一时性的,离开了校园可能即自行宣告终结。感情写作甚至是一次性的,在校园外其一次性也较普遍地体现着。其"一次性"成果也许是一篇文章,也许是一本书,甚或是一部电影、一部电视连续剧。相对于职业写作者,其"成果"愿望又往往特别执拗,专执一念,不达目的誓不罢休。愿望一经实现,仿佛心病剔除,从此金盆洗手,不再染指。

而自悦写作,既是由"喜欢"所促进着的,故有一定的可持续性,也许成为长久爱好。但又不执迷,视为陶冶性情之事而已。他们也有发表欲,发表了尤悦。但又不怎么强烈,不能发表,亦悦。故曰自悦写作。人没了闲情逸致,便呆板。呆板之人,为人处世也僵化。人没了陶冶性情的自觉,便难免心胸狭窄,劣念杂生。闲情和逸致使人性变得润泽,使人生变得通达有趣。以阅读和写作来承载闲情和逸致,除了精力和时间问题,再无须硬性投资。不像收藏字画古玩,得花不少的钱。

故我对自悦写作是极倡导的,因为它几乎可以施益于人人。其实,最传统最古老的自悦式写作,便是写"日记"。我以为,小品文、随笔等文本,一定与古人的"日记"习惯有关。

第四,悦人写作。

这一类写作,是"后自悦写作"现象。此时写作这一件事对于人,已上升为一种超越"自悦"的现象。人开始对写作有了"意义"的意识。希望自己的写作内容,也值得别人阅读。在这些人那儿,有意思和有意义,往往结合得较好。这乃是更高层面的一类写作现象。这些人中,日后会涌现优秀的职业或业余写作者。

第五,自娱写作。

此类写作,内容及文风,都带有显见的嬉戏性、调侃性、黄色的灰色的黑色的幽默性。所谓"瘌痢头文化",与此类写作的兴起有关,也是此类写作乐于汇入的一种"文化场"。一言以蔽之,它带有很大的搞笑性,但又多少高于一般小品相声的水平。其中不乏精妙之例,但为数不多。大学校园里的自娱写作,除了黄色的,其他各色方兴未艾。但不是体现于校报校刊,甚至也不体现于同学们自己办的纯"民间"校园报刊上，而更体现在网上。至于你们化了个名"发表"在网上的自娱写作，是否也不乏浅黄橘黄米黄，我未作了解，不得而知。

坦率地讲，我对自娱写作之说法，起初是莫名其妙的。什么叫自娱写作呢？不得其解。终于明白了以后，我从说法上是不承认的。现在也不承认。不是指我根本否定这类写作，而是认为"自娱写作"的说法其实极不恰当。前边我已谈到，有意思本身即成一种写作的意义，只要那点儿意思不低级。自娱写作往往在有意思方面优胜于别类写作，我干吗非要反对呢？我不明白的是——倘问一个人在干什么，他说在自悦，这我们不会觉得愕然的。悦就是愉悦啊。一个人在聚精会神地下一盘棋，那也会是他愉悦的时光。但娱是娱乐、欢娱。一个人的写作内容无论多么有意思，多么富有嬉戏性、搞笑性，那也绝不可能仅仅是为了自娱。绝不可能自己写完了，笑够了，于是一件事作罢，拉倒。说是自娱，目的其实在于娱人。没见过一个人说单口相声给自己听，自己搞笑给自己看的。周星驰主演的《大话西游》，乃是搞笑给大众看的。一人乐乐，岂如与人同乐？所以细分析起来，其实只有娱乐性写作一说。在写的人，主要之目的是为了"娱"他人，更多的人。他人不"娱"，则己不能"娱"也。更多的人"娱"了，自己才"娱"。

这种写作不同于以上几种写作。企图听到叫好反应的心思往往是相当强烈的。正如在生活中，开别人的玩笑是为了自己和众人开心。开自己的玩笑也是为了同一目的。生活中有什么现象，文学中便有什么现象。文学中有什么现象，就证明人性对写作这一件事有什么需求。这种写作又可能是一个嘻嘻哈哈的陷阱。在低标准上也许流于庸俗，甚至可能流于痞邪。正如生活中有人专以羞辱耍弄他人为乐，为能事。自得其乐，不以为耻。民间叫"耍狗蹦子"。这类写作在低标准上既如此容易，且往往不无闲男散女的叫好、喝彩和廉价的笑声，所以常诱专善此道的人着迷于此。写的和看的，都到了这份儿上，便是一种文化的吸毒现象了。起码是一种嗜痂现象。

大学学子，尤其是中文学子，始于娱乐写作，无妨。但又何妨超越一下娱乐写作呢？因为是大学生啊！因为是学中文的啊！

以哪一类写作超越之呢？

我主张诸位也要尝试自修写作、人文写作。自修写作，无非启智、言志、省悟人生、感受人性细腻之处兼及解惑于人。人人都希望自强，但不知自修又何谈自强？自修写作，提升我们的认知方法、思想方法、感情方式，能使我们做人处世有原则。而人文写作，弘扬人性、人道和社会良知，乃是人类写作历史延续至今的主要理由之一。

我主张，同学们尤其是那些也想要写作，但入大学以前，除了作文几乎没进行过别类写作的同学，首先从感情写作并接近文学意义上的写作入手。当写作这一件事与我们心灵的感情闸门相关了，技巧是处于第二位的。

在文学欣赏教学中，也许会将一篇情真意切的作品解构了，横讲竖讲。仿佛那样一篇作品，是按照最经典的文学原理，以最高超的技法将内容组合起来的，于是才达到了完美似的。其实，我的体会不是那样的。那时的写作者头脑之中，是连读者也不考虑的。那时写作这一件事变得相当纯粹，只是为了记录一种感情而已。因为纯粹，所以写作变得像自然界的事物一样自然而然。

但必须强调，我这样说是相对的……因为修辞能力，体会情感深浅的区别，个人禀赋的区别，使这类习写状态差距极大。

我之所以有此建议，乃因它根本不理会技法和经验。所以往往不至于被技法和经验之类吓住了蒙住了而不敢写。为记录感情而写作，人人当敢为之。既为之，所谓技法和经验，则必在过程之中自己体会到。有了些最初的体会再听传授，比完全没有自己体会的情况下，希望听足了再写，要好得多。

总而言之，写作这一件事，只听是不够的。大学中文的教学，听得太多，习写太少，所以容易眼高手低，流于嘴皮子上的功夫。

总而言之，以上一切写作，都比只听不写好。学着中文，只听不写，近乎自欺欺人……

致友人书——外国文学之影响

朋友：

你问，外国文学对我的创作有何影响？

我坦率回答，外国文学，尤其俄罗斯文学、美国文学、英国文学和法国文学，不但对我的创作施加了直接的影响，而且对我走上文学道路也施加了直接的影响。说来你也许会觉得荒唐，觉得可笑——在我成为作家之前，我甚至写过一篇"外国小说"。更准确地说，写过一篇"俄罗斯小说"。我的意思是，人物全部套用俄文名称，背景也放在一个俄罗斯小村庄。故事的框架乃《杜十娘怒沉百宝箱》。贵族少爷取代了李甲。十娘易名"尤丽雅"——这个名字的专利应属于18世纪俄国著名的感伤主义作家卡拉姆辛的一篇小说。区别在于，以感伤主义饮誉的卡拉姆辛的《尤丽雅》，情调非但不感伤，简直很乐观。而我写至"尤丽雅"怒焚百宝箱之时,却禁不住潸然泪下。"焚"这一"篡改",又"窃思"于陀思妥耶夫斯基的《白痴》……

那是十六七年前在北大荒当兵团战士时的事了。那是很有意思的一次"实践",当然,仅仅是为了写给自己看,也仅仅是为了有件很有意思的事做,或曰"聊以自娱"。从未产生拿这样的一篇东西去发表的念头,不过是二三好友之间传阅,权作消遣罢了。以后,也再未进行过同样的"实践"。

我对俄罗斯文学怀有敬意。

一大批俄国诗人和小说家使我崇拜——普希金、莱蒙托夫、果戈理、赫尔岑、屠格涅夫、陀思妥耶夫斯基、托尔斯泰、契诃夫、高尔基,等等。

我觉得俄国文学是世界文学史上的奇特现象。在12世纪以后,它几乎沉寂了五百年之久。至19世纪,却名家辈出,群星灿烂。高尔基之后或与高尔基同时代的作家,如法捷耶夫、肖洛霍夫、马雅可夫斯基等,同样使我感到特别亲切。更不要说奥斯特洛夫斯基了——《钢铁是怎样炼成的》,几乎就是当年我这一代中国青年的人生教科书啊!

高尔基之前,俄国文学大抵带有忧郁的、浪漫的、感伤的、一吟三叹式的情调。这一点很投合我的欣赏。正如俄罗斯绘画和俄罗斯音乐一样。我认为托尔斯泰和高尔基是俄国近代文学史上的两位现实主义之父,尽管他们也写过非现实主义的优秀的名篇。列宁对托尔斯泰的评价——"俄国的镜子"这句话,我铭记至今,认为是对现实主义文学最形象也最高的评价,尽管这一种文学观念,目前似乎太古老、太陈旧,并且遭到新潮理论家和作家的讥讽。但我常常暗想,若中国小说家,也能被评价为中国某一时期的"镜子",那么诺贝尔文学奖又算什么呢?

我至死也不赞同将一部文学作品的社会认识价值剥离尽净之后,再去评价一部文学作品意义的观念。也至今仍不打算向这样一种文学观点靠拢并去进行创作实践。

现在的俄国文学,亦即苏联文学,是否像中国文学一样,也处于所谓"低谷"状态呢?在经历了一个较长时期的所谓"社会主义现实主义"的实践之后,究竟面临着怎样的沉思和选择呢?

坦率讲,我所知甚少。最后一部引起我大的兴趣的苏联小说是《日瓦戈医生》。我读过的最后一批苏联小说是《落角》《你到底要什么?》《蓝眼圈》《斯托列托夫案件》《活着,但不要忘记》《小白轮船》……是在1974至1977年这段时间里,在复旦大学我是工农兵学员的年月。当代苏联文学已失去了令我崇拜的魅力。但当代苏联电影仍有令我刮目相看的高品格高品位之作。这一点似乎与中国的现状相反。在中国,文学虽处所谓"低谷",却已趋向更成熟,电影虽看似繁荣,却已滑于浅薄。至少我自己这么认为。当然,这也许太片面……当然,这是受经济因素制约的……英国文学和法国文学也是我所崇拜和喜爱的,一如我崇拜和喜爱狄更斯、哈代、萨克雷、福楼拜、莫泊桑、乔治·桑、雨果、司汤达、罗曼·罗兰等世界文学史上英名不朽的大作家。现在,你已会得出结论:我所欣赏的英法小说及其作家,都是一些文学遗产性的作品及逝去了的作家。

是的,是的,的确如此。我无法不老老实实地承认。英法文学的古典主义、浪漫主义情调及批判现实主义的色彩,对我的创作实践也施加了很大的影响。对英法现代小说及其理论,我也阅读甚少,所知甚少。在这方面,我是一个落伍者。无疑地是一个落伍者。这倒不是说,我排斥所谓"现代小说"及其理论,而是因为,读书的时间,比是一个文学青年的时候,大大地减少了。常想拟定一系列书目,安排从容的时日,较全面地读读此类小说,但这一愿望一直不能实现。

对于美国文学,我简直不敢说什么。我在1976年访法时,一位法国汉学家不无悲哀地对我说,法国已不再是世界文学艺术的中心了,这一项桂冠已奉让给了美国。

我十分怀疑这位法国汉学家的话。也许仅仅是某种悲哀的表露吧。今天的美国文学在世界文学中究竟占据着什么样的地位呢?也许是相当重要的地位。但是否已经达到了领先甚至领衔的地位呢?我很欣赏过的美国作家是杰克·伦敦、马克·吐温和欧·亨利。一位美国的汉学家曾问我:是否受过杰克·伦敦的小说某种影响?我的回答是肯定的,影响不浅。这一影响,从我的某些知青小说中会窥见渊源。欧·亨利无疑是美国的短篇小说之父。他的某些优秀之作堪称世界文学史上的珍珠。但他的相当数量的短篇小说，大概也是"玩文学""玩"出来的产物，供人们茶余饭后聊以消遣而已。我钦佩他那些优秀之作谋篇的机智和结尾的出人意料。它们具备典型的短篇小说最主要的特点。短篇小说更能显示出作家精神劳动的机智性，这一结论，我是从阅读欧·亨利的小说获得的。

美国当代小说，除了一些短篇，我只读过《第二十二条军规》《麦田里的守望者》《富人·穷人》，还有《战争风云》和《海鸥乔纳森》。我不认为《麦田里的守望者》有多么的了不起——向我推荐和与我谈论它的朋友对它的评价极高。我也不认为《富人·穷人》那么的平庸——"通俗小说而已"。

仅仅用"现代意识"去划分作品，并进而区分高下，我认为体现了国人的时髦心态和对文学的肤浅理解。

我认为《富人·穷人》远比《麦田里的守望者》要优秀。当然，这也可能和译者的水平有关。或许《麦田里的守望者》相当优秀，恰恰体现在语言方面，而译者恰恰在语言方面抹杀了它的艺术魅力……

海明威是美国的文学巨子。他自己曾说他打败了福楼拜、莫泊桑和雨果。但我看未必，都是文学巨子，他是其中之一，代表一个时期的美国文学的世界水平，如此而已。

美国人崇尚传奇人物。海明威很传奇。海明威也常常有意无意地制造和夸张自己的传奇色彩——他的名望并非和这一点无关。我深知自己是很不合时宜的小说家。一谈起外国文学和西方文学，我总在谈"过时"的作家和"过时"的作品。我不讳言，我是喝他们和它们的奶粉长大的"孩子"。我用"奶粉"而不用"奶汁"两个字，意在强调，他们和它们之于我，其实是"代乳品"，营养丰富。这营养是我必需的。但我毕竟不是一个洋娃娃，也从不想成熟为一个"洋"小说家。

小说家不能首先征服——是征服，而不是取悦更不是媚俗——于本国读者，那么，即使被各种肤色的汉学家捧上了天，也终究是挺令人沮丧的。最后我要说，外国文学之于我，很像是异国异地升飞起来飘逸在文学天空上的各色风筝。它们必会永远永远地吸引我，叩击我的心扉，启迪我的灵感。它们丰富着我生活的内容和意义。从这一思想出发，我愿中国小说也如天空的风筝，给外国的文学读者与我一样的亲切感受。让我们感激那些致力于翻译工作的人——那些放起风筝的人——中国的和外国的翻译家们吧！

我与唐诗宋词

信笔写出以上一行字,我犹豫良久,打算改——因为我对唐诗宋词半点儿学识也没有,只是特别喜欢罢了。单看那一行字,倒像我是一位专门研究唐诗宋词的专家学者似的。转而一想,不过就是一篇回忆性小文章的题目,而且,也比较能概括内容,那么不改也罢。

当年我下乡的地方,属于黑龙江边陲的瑷珲县(今爱辉区),是中苏边境地带。如果我们知青要回城市探家,必经一个叫西岗子的小镇。那镇真是小极了,仅百余户人家,散布在公路两侧,包括一家小旅店、一家小饭馆、一家小杂货铺和理发铺及邮局。西岗子设有边境检查站,过往行人车辆都须凭"边境通行证",知青也不例外。

有一年我探家回兵团,由于没搭上车,不得不在西岗子的旅店住了一夜。其实，说是旅店，哪儿像旅店呢！住客一间屋，大通铺；一门之隔就是店主一家，老少几口。据说那人家是解放初剿匪烈士的家属，当地政府体恤和关爱他们，允许他们开小旅店谋生。按今天的说法，是"家庭旅店"。

天黑后，我正要睡下，但听门那边有个男人大声喊："二××，瞎啦？你小弟又拉地上了，你没看见呀！快给他擦屁股，再把屎收拾了……"

于是一个十二三岁的小女孩儿，跑到我们住客这边的屋里来，掀起一角炕席，抄起一本书转身跑回门那边去了……书使我的眼睛一亮。那个年代，对于爱看书的青年，书是珍稀之宝。

一会儿，小女孩儿又回到门这边，掀起炕席欲将书放回原处。我问："什么书啊？"

她摇摇头说："不知道，我不认识字。"

我又问："你刚才拿书干什么去呢？"

她眨着眼说："我小弟拉屎了，我撕几页替他擦屁股呀！"她那模样，仿佛是在反问——书另外还能干什么用呢？我说："让我看看行吗？"她就默默地将书递给了我。我翻看了一下，见是一本《唐诗三百首》，前后已都撕得少了十几页。那个年代中国有些造纸厂的质量不过关，书页极薄，似乎也挺适合擦小孩儿屁股的。

我又是惋惜又是央求地说："给我行不？"

她立刻又摇头道:"那可不行。"——见我舍不得还她,又说,"你当手纸用几页行。"

我继续央求:"我不当手纸用,我是要看的。给我吧!"

她为难地说:"这我不敢做主呀!我们这儿的小杂货店里经常断了手纸卖,要给了你,我们用什么当手纸呢?住客又用什么当手纸呢?"

我猛地想到,我的背包里,有为一名知青伙伴从城市带回来的一捆成卷的手纸。便打开背包,取出一卷,商量地问:"我用这一卷真正的手纸换行不了?"

她说:"你包里那么多,你用两卷换吧!"于是我用两卷手纸换下了那一本残缺不全的《唐诗三百首》……第二天一早,我离开那小旅店时,女孩儿在门外叫住了我:"叔叔,我昨天晚上占你便宜了吧?"——不待我开口说什么,她将伸在棉袄衣襟里的一只小手抽了出来,手里竟拿着另一本书。她接着说:"这一本书还没撕过呢,也给你吧!这样交换就公平了。我们家人从不占住客的便宜。"

我接过一看,见是《宋词三百首》。封面也破旧了,但毕竟还有封面,依稀可见一行小字是"中国传统文化丛书"。我深深地感动于小女孩儿的待人之诚,当即掏出一元钱给她,摸了她的头一下,迎着风雪大步朝公路走去……

回到连队,我与知青伙伴发生了一番激烈的争执——他认为那一本完整的《宋词三百首》理应归他，因为是用他的两卷手纸换的；我说才不是呢，用他的两卷手纸换的，是那本残缺不全的《唐诗三百首》，而实际情况是，完整的《宋词三百首》是我用一元钱买下的……

如今想来，当年的争执很可笑。究竟哪一本算是用两卷手纸换的，哪一本算是用一元钱买下的，又怎么争执得清呢？

然而一个事实是——那一本残缺不全的《唐诗三百首》和那一本完整的《宋词三百首》，伴我们度过了多少寂寞的日子，对我们曾很空虚的心灵，起到了抚慰的作用……

当年，我竟也心血来潮写起古体诗词来：

轻风戏青草，

黄蜂觅黄花。

春水一潭静，

田蛙几声呱。

如今，《唐诗三百首》和《宋词三百首》已成我的枕边书。都是精装版本，内有优美插图。如今，捧读这两本书中的一本，每倏然地忆起西岗子，忆起那小女孩儿，忆起当年之事……

唐诗宋词的背面

衣裳有衬，履有其里，镜有其反，今概称之为"背面"。细细想来，世间万物，皆有"背面"，仅宇宙除外。因为谁也不曾到达过宇宙的尽头，便无法绕到它的背面看个究竟。

纵观中国文学史，唐诗宋词，成就灿然。可谓巍巍兮如高山，荡荡兮如江河。

但气象万千、瑰如宝藏的唐诗宋词的背面又是什么呢？

以我的眼，多少看出了些男尊女卑。肯定还另外有别的什么不美好的东西，夹在它的华丽外表的褶皱间。而我眼浅，才只看出了些男尊女卑，便单说唐诗宋词的男尊女卑吧！

于是想到了《全唐诗》。

《全唐诗》由于冠以一个"全"字，所以薛涛、鱼玄机、李冶、关盼盼、步非烟、张窈窕、姚月华等一批在唐代诗名播扬、诗才超绝的小女子们，竟得以幸运地录中有名，编中有诗。《全唐诗》乃"御制"的大全之集，薛涛们的诗又是那么的影响广远，资质有目共睹；倘以单篇而论，其精粹、其雅致、其优美，往往不在一切唐代的能骈善赋的才子们之下，且每有奇藻异韵令才子们也不由得不心悦诚服五体投地。故，《全唐诗》若少了薛涛们的在编，似乎也就不配冠以一个"全"字了。由此我们倒真的要感激三百多年前的康熙老爷子了。他若不见容，曾沦为官妓的薛涛，被官府处以死刑的鱼玄机，以及那些或为姬，或为妾，或什么明白身份也没有，只不过像"二奶"似的被官、被才子们，或被才子式的官僚们所包养的才华横溢的唐朝女诗人们的名字，也许将在康熙之后三百多年的历史沧桑中渐渐消失。有一个不争的事实，那就是——无论在《全唐诗》之前还是在《全唐诗》之后的形形色色的唐诗选本中，薛涛和鱼玄机的名字都是较少见的。尤其在唐代，在那些由亲诗爱诗因诗而名的男性诗人雅士们精编的选本中，薛涛、鱼玄机的名字更是往往被摈除在外。连他们自己编的自家诗的选集，也都讳莫如深地将自己与她们酬和过的诗篇剔除得一干二净，不留痕迹；仿佛那是他们一时的荒唐，一提都耻辱的事情；仿佛在唐代，根本不曾有过诗才绝不低于他们，甚而高于他们的名字叫薛涛、鱼玄机的两位女诗人；仿佛他们与她们相互赠予过的诗篇，纯系子虚乌有。连薛涛和鱼玄机的诗人命运都如此这般，更不要说另外那些是姬、是妾、是妓的女诗人之才名的遭遇了。在《全唐诗》问世之前,除了极少数如李清照那般出身名门又幸而嫁给了为官的名士为妻的女诗人的名字入选某种正统诗集,其余的她们的诗篇,则大抵是由民间的有公正心的人士一往情深地辑存了的。散失了的比辑存下来的不知要多几倍。我们今人竟有幸也能读到薛涛、鱼玄机们的诗,实在是沾了康熙老爷子的光。而我们所能读到的她们的诗,不过就是收在《全唐诗》中的那些。不然的话,我们今人便连那些恐怕也是读不到的。

看来,身为男子的诗人们、词人们,以及编诗编词的文人雅士们,在从前的历史年代里,轻视她们的态度是更甚于以男尊女卑为纲常之一的皇家文化原则的。缘何?无他,盖因她们只不过是姬、是妾、是妓而已。而从先秦两汉到明清朝代,才华横溢的女诗人女词人,其命运又十之八九几乎只能是姬、是妾、是妓。若不善诗善词,则往往连是姬是妾的资格也轮不到她们。沦为妓,也只有沦为最低等的。故她们的诗、她们的词的总体风貌,不可能不是忧怨感伤的。她们的才华和天分再高,也不可能不经常呈现出备受压抑的特征。

让我们先来谈谈薛涛——涛本长安良家女子,因随父流落蜀中,沦为妓。唐之妓,分两类。一曰"民妓",一曰"官妓"。"民妓"即花街柳巷卖身于青楼的那一类。这一类的接客,起码还有巧言推却的自由。涛沦为的却是"官妓"。其低等的,服务于营,实际上如同当年日军中的"慰安妇"。所幸涛属于高等,只应酬于官僚士大夫和因诗而名的才子雅士们之间。对于她的诗才,他们中有人无疑是倾倒的。"扫眉才子知多少,管教春风总不如",便是他们中谁赞她的由衷之词。而杨慎曾夸她:"元、白(元稹、白居易)流纷纷停笔,不亦宜乎!"但她的卑下身份决定了,她首先必须为当地之主管官僚所占有。他们宴娱享乐,她定当随传随到,充当"三陪女"角色,不仅陪酒,还要小心翼翼以俏令机词取悦于他们,博他们开心。一次因故得罪了一位"节帅",便被"下放"到军营去充当军妓。不得不献诗以求宽恕,诗曰:

闻道边城苦,今来到始知。
羞将门下曲,唱与陇头儿。

黠虏犹违命,烽烟直北愁。
却教严谴妾,不敢向松州。

松州那儿的军营,地近吐鲁番;"陇头儿",下级军官也;"门下曲",自然是下级军官们指名要她唱的黄色小调。第二首诗的后两句,简直已含有泣求的意味。

因诗名而服官政的高骈,镇川时理所当然地占有过薛涛。元稹使蜀，也理所当然地占有过薛涛。不但理所当然地占有，还每每在薛涛面前颐指气使地摆起才子和监察使的架子，而薛涛只有忍气吞声自认卑下的份儿。若元稹一个不高兴，薛涛便又将面临"下放"军营之虞。于是只得再献其诗以重博好感。某次竟献诗十首，才哄元稹稍悦。元稹高兴起来，便虚与委蛇，许情感之"空头支票"，承诺将纳薛涛为妾云云。

且看薛涛献元稹的《十离诗》之一《鹦鹉离笼》：

陇西独自一孤身，飞来飞去上锦茵。
都缘出语无方便，不得笼中再唤人！

"锦茵"者，妓们舞蹈之毯；"出语无方便"，说话不讨人喜欢耳；那么结果会怎样呢？就连在笼中取悦地叫一声主人名字的资格都丧失了。

在这样一种难维自尊的人生境况中，薛涛也只有"不结同心人，空结同心草"；也只有"但娱春日长，不管秋风早"；也只有"唱到白苹洲畔曲，芙蓉空老蜀江花"……

如果说薛涛才貌绝佳之年也曾有过什么最大的心愿，那么便是元稹纳她为妾的承诺了。论诗才，二人其实难分上下；论容颜，薛涛也是极配得上元稹的。但元稹又哪里会对她真心呢。纳一名官妓为妾，不是太委屈自己才子加官僚的社会身份了吗？尽管那等于拯救薛涛出无边苦海。元稹后来一到杭州另就高位,便有新欢,从此不再关心薛涛之命运,连封书信也无。

且看薛涛极度失落的心情:

> 揽草结同心,将以遗知音。
>
> 春愁正断绝,春鸟复哀吟。

薛涛才高色艳年纪轻轻时,确也曾过了几年"门前车马半诸侯"的生活。然那一种生活,是才子们和士大夫官僚们出于满足自己的虚荣和娱乐而恩赐给她的,一时的有点儿像《日出》里的陈白露的生活,也有点儿像《茶花女》中的玛格丽特的生活。不像她们的,是薛涛这一位才华横溢的女诗人自己,诗使薛涛的女人品位远远高于她们。

与薛涛有过芳笺互赠、诗文唱和关系的唐代官僚士大夫,名流雅士,不少于二十人。如元稹、白居易、牛僧孺、令狐楚、裴度、张籍、杜牧、刘禹锡,等等。

但今人从他们的诗篇诗集中,是较难发现与薛涛之关系的佐证的,因为他们无论谁都要力求在诗史中护求自己的清名。尽管在当时的现实生活中他们并不在乎什么清名不清名的,官也要当,诗也要作,妓也要狎……

与薛涛相比,鱼玄机的下场似乎更是一种"孽数"。玄机亦本良家女子，唐都长安人氏。自幼天资聪慧，喜爱读诗，及十五六岁，嫁作李亿妾。"大妇妒不能容，送咸宜观出家为女道士。在京中时与温庭筠等诸名士往还颇密。"其诗《赠邻女》，作于被员外李亿抛弃之后：

羞日遮罗袖，愁春懒起妆。
易求无价宝，难得有心郎。
枕上潜垂泪，花间暗断肠。
自能窥宋玉，何必恨王昌。

从此，觅"有心郎"，乃成玄机人生第一大愿。既然心系此愿，自是难以久居道观。正是——"欲求三清长生之道，而未能忘解佩临枕之欢"。于是离观，由女道士而"女冠"。所谓"女冠"，亦近艺，只不过名分上略高一等。她大部分诗中，皆流露对真爱之渴望、对"有心郎"之慕求的主动性格。修辞有时含蓄，有时热烈，浪漫且坦率。是啊，对于一位是"女冠"的才女，还有比"自能窥宋玉，何必恨王昌"这等大胆自白更坦率的吗？

然虽广交名人、雅士、才子，于他们中真爱终不可得，也终未遇见过什么"有心郎"。倒是一次次地、白白地将满心怀的缠绵激情和热烈之恋空抛空撒，换得的只不过是他们的逢场作戏对她的打击。

有次，一位与之要好的男客来访，她不在家。回来时婢女绿翘告诉了她，她反疑心婢女与客人有染，严加笞审，致使婢女气绝身亡。

此时的才女鱼玄机，因一番番深爱无果，其实心理已经有几分失常。事发，问斩，年不足三十。

悲也夫绿翘之惨死！

骇也夫玄机之猜祸！

《全唐诗》纳其诗四十八首，仅次于薛涛，几乎首首皆佳，诗才不让薛涛。

更可悲的是，生前虽与温庭筠情诗唱和频繁，《全唐诗》所载温庭筠全部诗中，却不见一首温回赠她的诗。而其诗中"如松匪石盟长在，比翼连襟会肯迟"句，成了才子与"女冠"之亲密接触的大讽刺。

在诗才方面，与薛涛、鱼玄机三璧互映者，当然便是李冶了。她"美姿容，善雅谑，喜丝弦，工格律。生性浪漫，后出家为女道士，与当时名士刘长卿、陆羽、僧皎然、朱放、阎伯钧等人情意相投"。

玄宗时，闻一度被召入宫。后因上书朱泚，被德宗处死。也有人说，其实没迹于"安史之乱"。

冶之被召入宫,毫无疑问不但因了她的多才多艺,也还得幸于她的"美姿容"。宫门拒丑女,这是常识,不管多么的才艺双全。入宫虽是一种"荣耀",却也害了她。倘她的第一种命运属实,那么所犯乃"政治罪"也。即使其命运非第一种,是第二种,想来也肯定凶多吉少;一名"美姿容"的小女子,且无羽翼庇护,在万民流离的战乱中还会有好下场吗?

《全唐诗》中,纳其诗十八首,仅遗于世之数。冶诗殊少绮罗香肌之态,情感真切,修辞自然。今我读其诗,每觉下阕总是比上阕更好。大约因其先写景境,后陈心曲,而心曲稍露,便一向能拨动读者心弦吧。所爱之句,抄于下:

> 溢城潮不到,夏口信应稀。
> 唯有衡阳雁,年年来去飞。

其盼情诗之殷殷,令人怜怜不已。以"潮不到"之对"信应稀",可谓神来之笔。又如:

> 远水浮仙棹,寒星伴使车。
> 因过大雷岸,莫忘八行书。

> 郁郁山木荣,绵绵野花发。

别后无限情，相逢一时说。

驰心北阙随芳草，极目南山望旧峰。
桂树不能留野客，沙鸥出浦谩相逢。

……薛涛也罢，鱼玄机也罢，李冶也罢，她们的人生主要内容之一，总是在迎送男人。他们皆是文人雅士，名流才子。每有迎，那一份欢欣喜悦，遍布诗中；而每送，却又往往是泥牛入海，连她们殷殷期盼的"八行书"都再难见到。然她们总是在执着而又迷惑地盼盼盼，思念复思念，"才下眉头，却上心头"。

唐代女诗人中"三璧"之名后，要数关盼盼尤需一提了。她的名，似乎可视为唐、宋两代女诗人女词人们的共名——"盼盼"，其名苦也。

关盼盼，徐州妓也，张建封纳为妾。张殁，独居鼓城故燕子楼，历十余年。白居易赠诗讽其未死。盼盼得诗，注曰："妾非不能死，恐我公有从死之妾，玷清范耳。"乃和白诗，旬日不食而卒。

那么可以说，盼盼绝食而亡，是白居易以其大诗人之名压迫的结果。作为一名妾，为张守节历十余年，原本不关任何世人什么事，更不关大诗人白居易什么事。家中宠着三姬四妾的大诗人，却竟然作诗讽其未死，真不知是一种什么样的心理使然。

其《和白公诗》如下：

自守空楼敛恨眉，形同春后牡丹枝。
舍人不会人深意，讶道泉台不去随。

遭对方诗讽，而仍尊对方为"白公""舍人"，也只不过还诗略作"舍人不会人深意"的解释罢了。此等宏量，此等涵养，虽卑为妓、为妾，实在白居易们之上也！而《全唐诗》的清代编辑们，却又偏偏在介绍关盼盼时，将白居易以诗相嘲致其绝食而死一节，白纸黑字加以注明，真有几分"盖棺论定"，不，"盖棺罪定"的意味。足见世间自有公道在，是非曲直，并不以名流之名而改而变！

且将以上四位唐代杰出女诗人们的命运按下不复赘言，再说那些同样极具诗才的女子们，命善者实在无多。

如步非烟——"河南府功曹参军之妾，容质纤丽，善秦声，好文墨。邻生赵象，一见倾心。始则诗笺往还，继则逾垣相从。周岁后，事泄，惨遭笞毙。"

想那参军，必半老男人也。而为妾之非烟，时年也不过二八有余。倾心于邻生，正所谓青春恋也。就算是其行该惩，也不该当夺命。活活鞭抽一纤丽小女子致死，忒狠毒也。

其生前《赠赵象》诗云：

> 相思只恨难相见,相见还愁却别君。
>
> 愿得化为松上鹤,一双飞去入行云。

正是,爱诗反为诗祸,反为诗死。

唐代的女诗人们命况悲楚,宋代的女词人们,除了一位李清照,因是名士之女,又是太学士之妻,摆脱了为姬、为妾、为婢、为妓的"粉尘"人生而外,她们十之七八亦皆不幸。

如严蕊——营妓,"色艺冠一时,间作诗词,有新语,颇通古今"。

宋时因袭唐风,官僚士大夫狎妓之行甚靡。故朝廷限定——地方官只能命妓陪酒,不得有私情,亦即不得发生肉体上的关系。官场倾轧,一官诬另一官与蕊"有私",诛连于蕊,被拘入狱,备加苦楚。蕊思己虽身为贱妓,"岂可妄言以污士大夫",拒作伪证。历两月折磨,委顿几死。而那企图使她屈打成招的,非别个,乃因文名而服官政的朱熹是也。后因其事闹到朝廷,朱熹改调别处,严蕊才算结束了牢狱之灾、刑死之祸。时人因其舍身求正,誉为"妓中侠"。宋朝当代及后代词家们,皆公认其才仅亚薛涛。

"不是爱风尘,似被前缘误"之名句,即出严蕊《卜算子》中。

如吴淑姬——本"秀才女,慧而能诗,貌美家贫,为富室子所占有,或诉其奸淫,系狱,且受徒刑"。

其未入狱前,因才色而陷狂蜂浪蝶们的追猎重围。入狱后,一批文人雅士前往理院探之。时冬末雪消,命作《长相思》词。稍一思忖,捉笔立成:

烟霏霏,雨霏霏,雪向梅花枝上堆,春从何处回?
醉眼开,睡眼开,疏影横斜安在哉,从教塞管催。

如朱淑真、朱希真都是婚姻不幸终被抛弃的才女。二朱中又以淑真成就大焉,被视为李清照之后最杰出的女诗人。坊间相传,她是投水自杀的。

如身为营妓而绝顶智慧的琴操,在与苏东坡试作参禅问答后,年华如花遂削发为尼。在妓与尼之间,对于一位才女,又何谓稍强一点儿的人生出路呢?

如春娘——苏东坡之婢。东坡竟以其换马。春娘责曰:"学士以人换马,贵畜贱人也!"口占一绝以辞:

为人莫作妇人身,百般苦乐由他人。
今日始知人贱畜,此生苟活怨谁嗔!

文人雅士名流间以骏马易婢,足见春娘美婢也。

这从对方交易成功后沾沾自喜所作的诗中便知分晓:

> 不惜霜毛雨雪蹄，等闲分付赎蛾眉，
>
> 虽无金勒嘶明月，却有佳人捧玉卮。

以美婢而易马，大约在苏东坡一方，享其美已足厌矣。而在对方，也不过是又得了一名捧酒壶随侍左右的漂亮女奴罢了。春娘下阶后触槐而死。

如温琬——当时京师士人传言："从游蓬岛宴桃源，不如一见温仲青。"而太守张公评之曰："桂枝若许佳人折，应作甘棠女状元。"虽才可作女状元，然身为妓。

其《咏莲》云：

> 深红出水莲，一把藕丝牵。
>
> 结作青莲子，心中苦更坚。

其《书怀》云：

> 鹤未远鸡群，松梢待拂云。
>
> 凭君视野草，内自有兰薰。

字里行间，鄙视俗士，虽自知不过一茎"野草"，而力图保持精神灵魂"苦更坚""有兰薰"的圣洁志向，何其令人肃然！

命运大异其上诸才女者，当属张玉娘与申希光。玉娘少许表兄沈佺为妻，后父母欲攀高门，单毁前约。沈佺悒病而卒。玉娘乃以死自誓，亦以忧卒。遗书请与同葬于枫林。其《浣溪沙》词，字句呈幽冷萧瑟之美，独具风格。云：

玉影无尘雁影来，绕庭荒砌乱蛩哀，凉窥珠箔梦初回。
压枕离愁飞不去，西风疑负菊花开，起看清秋月满台。

月娘不仅重情宁死，且是南宋末世人皆公认之才女。卒时年仅十八岁。

申希光则是北宋人，十岁便善词，二十岁嫁秀才董昌。后一方姓权豪，垂涎其美，使计诬昌重罪，杀昌至族。灭门诛族之罪，大约是被诬为反罪的吧？于是其后求好于希光，伊知其谋，乃佯许之，并乞葬郎君及遭诛族人，密托其孤于友，怀利刃往，是夜刺方于帐中，诈为方病，呼其家人，先后尽杀之。斩方首，祭于昌坟，亦自刎颈而亡。

其《留别诗》云：

女伴门前望，风帆不可留。
岸鸣蕉叶雨，江醉蓼花秋。
百岁身为累，孤云世共浮。

泪随流水去，一夜到闽州。

申希光肯定是算不上一位才女的了，但"岸鸣蕉叶雨，江醉蓼花秋"，亦堪称诗词中佳句也。

唐诗巍巍，宋词荡荡。观其表正，则仅见才子之文采飞扬；雅士之舞文弄墨；大家之气吞山河；名流之流芳千古。若亦观其背反，则多见才女之命乖运舛，无可奈何地随波逐流。如柳宗元词句所云："似花还似非花，也无人惜，凭散坠。"更会由衷地叹服她们那一种几乎天生的与诗与词的通灵至慧，以及她们诗品的优美，词作的灿烂。

我想，没有这背反的一面，唐诗宋词断不会那般的绚丽万端，瑰如珠宝吧？

我的意思不是一种衬托的关系。不，不是的。我的意思其实是——未尝不也是她们本身和她们的才华，激发着、滋润着、养育着那些以唐诗、以宋词而在当时名噪南北，并且流芳百代的男人们。

背反的一面以其凄美，使表正的一面的光华得以长久地辉耀不衰；而表正的一面，又往往直接促使背反的一面，令其凄美更凄更美。

当然，有些男性诗人词人，其作是超于以上关系的。如杜甫，如辛弃疾等。

但以上表正与背反的关系，肯定是唐诗宋词的内质量状态无疑。

所以，我们今人欣赏唐诗宋词时，当想到那些才女们，当对她们必怀感激和肃然。仅仅有对那些男性诗人词人们的礼赞，是不够的。尽管她们的名字和她们的才华，她们的诗篇和词作，委实是被埋没和漠视得太久太久了。

这一唐诗宋词之现象，是很中国特色的一种文化现象。清朝与古代汉文化的男尊女卑没有直接的瓜葛，所以《全唐诗》才会收入了那么多姬、妾、婢、妓之诗。若由唐朝的文人士大夫们自选自编，结果怎样，殊难料测也……

晚秋读诗

潇潇秋雨后,渐渐天愈凉。

我知道,那也许是今年最后的一场秋雨。傍晚时分,急骤的雨点儿如一群群黄蜂,齐心协力扑向我刚擦过的家窗。似乎那么的仓皇,似乎有万千鸟儿蔽天追啄,于是错将我家当成安全的所在,欲破窗而入躲躲藏藏。又似乎集体地怀着种愠怒,仿佛我曾做过什么对不起它们的事,要进行报复。起码,弄湿我的写字桌,以及桌上的书和纸……

春雨斯文又缠绵,疏而纤且渺漫迷蒙。故唐诗宋词中,每用"细"字形容,每借花草的嫩状衬托。如"随风潜入夜,润物细无声"句;如"东风吹雨细如尘"句;如"天街小雨润如酥"句……而我格外喜欢的,是唐朝诗人李山甫"有时三点两点雨,到处十枝五枝花"句,将春雨的斯文缠绵写到了近乎羞涩的地步,将初蕾悄绽为新花的情景,也描摹得那么的春趣盎然,于不经意间用朴素得不能再朴素的文字酿出了一派春醉。

夏雨最多情。如同曾与我们海誓山盟过的一个初恋女子,"情绪"浪漫充沛又任性。"旅行"于东西南北地,过往于六七八月间,每踏雷而来,每乘虹而去。我们思想它时,它却不知云游何处,使我们仰面于天望眼欲穿,企盼有一大朵积雨云从天际飘至;而我们正喜悦于晴日的朗丽之际,倏忽间雷声大作,乌云遮空。于是"天外黑风吹海立,浙东飞雨过江来"。阵雨是夏雨猝探我们的惯常方式。它似乎总是一厢情愿地以此方式表达对我们的牵挂。它从不认为它这种方式带有滋扰性,结果我们由于毫无心理准备,每陷于不知所措,乍惊在心头,呆愕于脸上的窘境。几乎只夏季才有阵雨。倘它一味儿恣肆地冲动起来,于是"雷声远近连彻夜,大雨倾盆不终朝"。于是"黑云翻墨未遮山,白雨跳珠乱入船";于是"惊风乱飐芙蓉水,密雨斜侵薜荔墙",烦得我们一味儿祈祷"残虹即刻收度雨,杲杲日出曜长空"。当然夏雨也有彬彬而至之时。斯时它的光临平添了夏季的美好。但见"千里稻花应秀色,五更桐叶最佳音"。它彬彬而至之时,又几乎总是在黄昏或夜晚,仿佛宁愿悄悄地来,无声地去。倘来于黄昏,则"墙头细雨垂纤草,水面风回聚落花";则江边"雨洗平沙静,天衔阔岸纡",可观"半截云藏峰顶塔",望"两来船断雨中桥"。则庭中"落花人独立,微雨燕双飞",可闻"过雨荷花满院香","青草池塘处处蛙";可觉"墙头语鹊衣犹湿","夏木阴阴正可人"。而山村则"罗汉松遮花里路,美人蕉错雨中楥"。

倘来于夜晚,则"楼外残雷气未平",则"雨中草色绿堪染"。于是翌日的清晨,虹消雨霁,彩彻云衢,朝霞半缕,网尽一夜风和雨,使人不禁地想说——真好天气!

秋雨凄冷澹寒,易将某种不可言说的伤感,一把把地直往人心里揣。仿佛它竟是耗尽了缠绵的春雨,虚抛了几番浪漫和激情的夏雨,憔悴了一颗雨的清莹之魂,心曲盘桓,自叹幽情苦绪何人知。包罗着万千没结果的苦恋所生的委屈和哀怨,欲说还休欲说还休,于是只有一味儿哭泣,哭泣……使老父老母格外地惦念儿女;使游子格外地思乡想家;使女人悟到应变得更温柔,以安慰男人的疲惫;使男人油然自省,忏悔和谴责自己曾伤害过女人心地的行为……

床前明月光,
疑是地上霜。
举头望明月,
低头思故乡。

一场秋雨一场寒,十场秋雨换上棉。在秋风肃杀、秋雨凄凄的日子里,人心除了伤感,其实往往也会变得对生活、对他人,包括对自己，多一份怜惜和爱护之情。因为可能正是在第二天的早晨，霜白一片雨变冰。于是不日"才见岭头云似盖，已惊岩下雪如尘"。

秋风先行，但见"落叶西风时候，人共青山都瘦"。秋风仿佛秋雨的长姐，其行也匆匆，其色也厉厉。扯拽着秋雨，仿佛要赶在"溪深难受雪，山冻不留云"的冬季之前，向人间替秋雨讨一个说法。尽管秋雨的哀怨，完全是它雨魂中的特征，并非是人委屈于它或负心于它的结果。

秋风所至，"萧瑟兮草木摇落而变衰"。直吹得"只有一枝梧叶，不知多少秋声"；直吹得"秋色无远近，出门尽寒山"；直吹得"多少绿荷相依恨，一时回首背西风"。

在寒秋日子里，读如此这般诗句，使人不禁惜花怜树，怪秋风忒张狂。恨不能展一床接天大被，替挡秋风的直接袭击。但是若多读唐诗宋词，也不难发现相反意境的佳篇。比如宋代诗人杨万里的《秋凉晚步》：

秋气堪悲未必然，
轻寒正是可人天。
绿池落尽红蕖却，
荷叶犹开最小钱。

家居附近无荷塘，难得于入秋的日子，近睹荷花迟开的胭红本色，以及又有多么小的荷叶自水下浮出，翠翠的仍绿惹人眼。

一日散步，想起杨万里的诗，于是蹲在草地，拂开一片亡草的枯黄，蓦地，真切切但见有嫩嫩芊芊的小草，隐蔽地悄生悄长！

想必是当年早熟的草籽落地，便本能地生根土中，与节气比赛看，抓紧时日体现出植物的生命形式。

寒冬马上就要来临了。那一茎茎嫩嫩芊芊的小草，其生其长还有什么意义呢？

我不禁替它们惆怅。

晚秋的阳光，呼着节气最后的些微的暖意普照园林。刚一起身，顿觉眼前有什么美丽的东西漫舞而过。定睛看时，呀，却是一双小小彩蝶。它们小得比蛾子大不了多少。然而的确是一双彩蝶，而非蛾子。颜色如刚孵出的小鸡，灿黄中泛着青绿，翅上皆有漆黑的纹理和釉蓝的斑点儿。

斯时满园林"是处红衰翠减"，风定秋空澄净。一双小小彩蝶，就在那暖意微微的晚秋阳光中，翩翩漫漫，忽上忽下，作最后的伴飞伴舞……

我一时竟看得呆了。

冬季之前，怎么还会有蝶呢？

难道它们和那些小草一样，错将秋温误作春暖，不合时宜地出生了吗?

它们也要与节气比赛似的,也仿佛要抓紧最后的时日,以舞的方式,演绎完它们千古流传的爱情故事。而且,分明地,要尽量在对舞中享受是蝶的生命的浪漫!

我呆望它们,倏忽间,内心里倍觉感动。

"最是秋风管闲事,红他枫叶白人头"——人在节气变化之际所容易流露的感伤,说到底,证明人是多么地容易悲观啊!这悲观虽然不一定全是做作,但与那小草、小蝶相比,不是每每诉说了太多的自哀自怜吗?

这么一想,心中秋愁顿时化解,一种乐观油然而生。我感激杨万里的诗。感激那些嫩嫩芊芊的小草和那一双美丽的小蝶,它们使我明白——人的心灵,永远应以人自己的达观和乐观来关爱着才对的啊!

沉静我心

读书会让寂寞变成享受

都认为,寂寞是由于想做事而无事可做;想说话而无人与说;想改变自身所处的这一种境况而又改变不了。是的,以上基本就是寂寞的定义了。

寂寞是对人性的缓慢破坏。

寂寞相对于人的心灵,好比锈相对于某些极容易生锈的金属。

但不是所有的金属都那么容易生锈。金子就根本不生锈。不锈钢的拒腐蚀性也很强。而铁和铜,我们都知道的,它们之极容易生锈,像体质弱的人极容易伤风感冒。

某次和大学生们对话时,被问:阅读的习惯对人究竟有什么好处?我回答了几条,最后一条是——可以使人具有特别长期的抵抗寂寞的能力。他们笑。我看出他们皆不以为然。他们的表情告诉了我他们的想法——但我们需要具备这一种能力干什么呢？是啊，他们都那么年轻，大学又是成千上万的青年学子云集的地方，一间寝室住六名同学，寂寞沾不上他们的边啊！但我也同时看出，其实他们中某些人内心深处别提有多寂寞了。而大学给我的印象正是一个寂寞的地方。大学的寂寞包藏在许多学子追逐时尚和娱乐的现象之下。所以他们渴望听老师以外的人和他们说话，不管那样的一个人是干什么的，哪怕是一名犯人在当众忏悔。似乎，越是和他们的专业无关的话题，他们参与的热忱越活跃。因为正是在那样的时候，他们内心深处的寂寞获得了适量的释放一下的机会。

故我以为，寂寞还有更深层的定义，那就是——从早到晚所做之事，并非自己最有兴趣的事；从早到晚总在说些什么，但没几句是自己最想说的话；即使改变了这一种境况，另一种新的境况也还是如此，自己又比任何别人更清楚这一点。这是人在人群中的一种寂寞。这是人置身于种种热闹中的一种寂寞。这是另类的寂寞，现代的寂寞。如果这样的一个人，心头中再连值得回忆一下的往事都没有，头脑中再连值得梳理一下的思想都没有，那么他或她的人性，很快就会从外表锈到中间的。无论是表层的寂寞，还是深层的寂寞，要抵抗住它对人心的伤害，那都是需要一种人性的大能力的。

我的父亲虽然只不过是一名普普通通的建筑工人，但在"文革"中，也遭到了流放式的对待。仅仅因为他这个十四岁闯关东的人,在哈尔滨学会了几句日语和俄语,便被怀疑是日俄双料潜伏特务。差不多有七八年的时间,他独自一人被发配到四川的深山里为工人食堂种菜。他一人开了一大片荒地,一年到头不停地种,不停地收。隔两三个月有车开入深山给他送一次粮食和盐,并拉走菜。他靠什么排遣寂寞呢?近五十岁的男人了,我的父亲,他学起了织毛衣。没有第二个人,没有电,连猫狗也没有。更没有任何可读物。有对于他也是白有,因为他是文盲。他劈竹子自己磨制了几根织针。七八年里,将他带上山的新的旧的劳保手套一双双拆绕成线团,为我们几个儿女织袜子,织线背心。这一种从前的女人才有的技能,他一直保持到逝世那一年。织成了他的习惯。那一年他七十七岁。

劳动者为了不使自己的心灵变成容易生锈的铁,或铜,也只有被逼出了那么一种能力。而知识者,我以为,正因为所感受到的寂寞往往是更深层的,所以需要有更强的抵抗寂寞的能力。这一种能力,除了靠阅读来培养,目前我还贡献不出别种办法。

胡风先生在所有当年的"右派"中被囚禁的时间最长——三十余年。

他的心经受过双重的寂寞的伤害。胡风先生逝世后,我曾见过他的夫人一面,惴惴地问:"先生靠什么抵抗住了那么漫长的与世隔绝的寂寞?"她说:"还能靠什么呢?靠回忆,靠思想。否则他的精神早崩溃了,他毕竟不是什么特殊材料的人啊!"但我心中暗想，胡风先生其实太够得上是特殊材料的人了啊！幸亏他是大知识分子，故有值得一再回忆之事，故有值得一再梳理之思想。若换了我的父亲，仅仅靠拆了劳保手套织东西，肯定是要在漫长的寂寞伤害之下疯了的吧？

知识给予知识分子之最宝贵的能力是思想的能力。因为靠了思想的能力，无论被置于何种孤单的境地，人都不会丧失最后一个交谈伙伴，而那正是他自己。自己与自己交谈，哪怕仅仅做这一件在别人看来什么也没做的事，也足以抵抗很漫长很漫长的寂寞。如果居然还侥幸有笔有足够的纸，孤独和可怕的寂寞也许还会开出意外的花朵。《绞刑架下的报告》《可爱的中国》《堂·吉诃德》的某些章节，欧·亨利的某些经典短篇，便是在牢房里开出的思想的或文学的花朵。

知识分子靠了思想善于激活自己的回忆。所以回忆之于知识分子，并不仅仅是一些过去的没有什么意义的日子和经历。哪怕它们真的是苍白的，思想也能从那苍白中挤压出最后的意义——它们所以苍白的原因。思想使回忆成为知识分子的驼峰。而最强大的寂寞，还不是想做什么事而无事可做，想说话而无人可说；是想回忆而没有什么值得回忆的，是想思想而早已丧失了思想的习惯。这时人就自己赶走了最后一个陪伴他的人，他一生最忠诚的朋友——他自己。

谁都不要错误地认为孤独和寂寞这两件事永远不会找到自己

头上。现在社会的真相告诉我们，那两件事迟早会袭击我们。

人啊，为了使自己具有抵抗寂寞的能力，读书吧！

人啊，一旦具备了这一种能力，某些正常情况下，孤独和寂寞还会由自己调节为享受着的时光呢！

信不信，随你……

读的烙印

真的不知该给正开始写的这一篇文字取怎样的题。

自幼喜欢阅读，因某些书中的人或事，记住了那些书名，甚至还会终生记住它们的作者。然而也有这种情况，书名和作者是彻底地忘记了，无论怎么想也想不起来了。但书中人或事，却长久地印在头脑中了。仿佛头脑是简，书中人或事是刻在大脑这种简上的。仿佛即使我死了，肉体完全地腐烂掉了，物质的大脑混入泥土了，依然会有什么异乎寻常的东西存在于泥土中，雨水一冲，便会显现出来似的。又仿佛，即使我的尸体按照现今常规的方式火化掉，在我的颅骨的白森森的骸片上，定有类似几行文字的深深的刻痕清晰可见。告诉别人在我这个死者的大脑中，确实曾至死还保留过某种难以被岁月铲平的、与记忆有关的密码……

其实呢，那些自书中复拷入大脑的人和事，并不多么的惊心动魄,也根本没有什么曲折的因而特别引人入胜的情节。它们简单得像小学课文一样,普通得像自来水。并且,都是我少年时的记忆。

这记忆啊,它怎么一直纠缠不休呢?怎么像初恋似的难忘呢?我曾企图思考出一种能自己对自己说得通的解释。然而我的思考从未有过使自己满意的结果。正如初恋之始终是理性分析不清的。所以呢,我想,还是让我用我的文字将它们写出来吧!我更愿我火化后的颅骨的骸片像白陶皿的碎片一样,而不愿它有使人觉得奇怪的痕迹……

一

在乡村的医院里,有一位父亲要死了。但他顽强地坚持着不死,其坚持好比夕阳之不甘坠落。在自然界它体现在一小时内,相对于那位父亲,它将延长至十余小时。生命在那一种情况下执拗又脆弱。护士明白这一点。医生更明白这一点。

那位父亲死不瞑目的原因不是身后的财产。他是果农,除了自家屋后院子里刚刚结了青果的几十棵果树,他再无任何财产。除了他的儿子,他在这个世界上也再无任何亲人。他坚持着不死是希望临死前再见一眼他的儿子。他也没什么重要之事叮嘱他的儿子。他只不过就是希望临死前再见一眼他的儿子,再握一握儿子的手……

事实上他当时已不能说出话来。他一会儿清醒，一会儿昏迷。两阵昏迷之间的清醒时刻越来越短……

但他的儿子远在俄亥俄州。医院已经替他发出了电报——打长途电话未寻找到那儿子，电报就一定会及时送达那儿子的手中吗？即使及时送达了，估计他也只能买到第二天的机票了。下了飞机后，他要再乘四个多小时的长途汽车才能来到他父亲身旁……

而他的父亲真的竟能坚持那么久吗？濒死的生命坚持不死的现象，令人肃然也令人怜悯。而且，那么的令人无奈……

夕阳终于放弃它的坚持了，坠落不见了。

令人联想到晏殊的诗句——"无限年光有限身"，"夕阳西下几时回"。

但是那位父亲仍在顽强地与死亡对峙着。那一种对峙注定了绝无获胜的机会，因而没有本能以外的任何意义……

黄昏的余晖映入病房，像橘色的纱，罩在病床上，罩在那位父亲的身上、脸上……

病房里静悄悄的。

最适合人咽最后一口气的那一种寂静……

那位父亲只剩下几口气了。他喉间呼呼作喘，胸脯高起深伏，极其舍不得地运用他的每一口气。每一口气对他都是无比宝贵的。呼吸已仅仅是呼出着生命之气。那是看了令人非常难过的"节省"。

分明地，他已处在弥留之际。他闭着眼睛，徒劳地做最后的坚持。他看去昏迷着，实则特别清醒，那清醒是生命在大脑领域的回光返照。

门轻轻地开了。

有人走入了病房。脚步声一直走到了他的病床边。

那是他在绝望中一直不肯稍微放松的企盼。

除了儿子，还会是谁呢？

这时，脆弱的生命做出了奇迹般的反应——他突然伸出一只手向床边抓去。而且，那么的巧，他抓住了中年男医生的手……

"儿子！……"他竟说出了话，那是他留在人世的最后一句话。

一滴老泪从他眼角挤了出来……

他已无力睁开双眼最后看他的"儿子"一眼了……

他的手将医生的手抓得那么紧，那么紧……

年轻的女护士是和医生一道进入病房的。濒死者始料不及的反应使她呆愣住。而她自己紧接着做出的反应是——跨前一步，打算拨开濒死者的手，使医生的手获得"解放"。

但医生以目光及时制止了她。医生缓缓俯下身，在那位父亲的额上吻了一下。接着又将嘴凑向那位父亲的耳，低声说："亲爱的父亲，是的，是我，您的儿子。"

医生直起腰，又以目光示意护士替他搬过去一把椅子。在年轻女护士的注视之下，医生坐在椅子上了。那样，濒死者的手和医生的手，就可以放在床边了。医生并且将自己的另一只手，轻轻捂在当他是"儿子"的那位父亲的手上。

他示意护士离去。

三十几年后，当护士回忆这件事时，她写的一段话是："我觉得我不是走出病房的，而是像空气一样飘出去的，唯恐哪怕是最轻微的脚步声，也会使那位临死的老人突然睁开双眼。我觉得仿佛是上帝将我的身体托离了地面……"

至今这段话仍印在我的颅骨内面，像释迦牟尼入禅的身影印在山洞的石壁上。

夜晚从病房里收回了黄昏橘色的余晖。

年轻的女护士从病房外望见医生的坐姿那么的端正，一动不动。

她知道，那一天是医生结婚十周年纪念日，他亲爱的妻子正等待着他回家共同庆贺一番。黎明了——医生还坐在病床边……

旭日的阳光普照入病房了——医生仍坐在病床边……

因为他觉得握住他手的那只手，并没变冷变硬……

到了下午，那只手才变冷变硬。而医生几乎坐了二十个小时……

他的手臂早已麻木了，他的双腿早已僵了，他已不能从椅子上站起来了，是被别人搀扶起来的……

院长感动地说:"我认为你是很虔诚的基督徒。"

而医生平淡地回答:"我不是基督徒,不是上帝要求我的。是我自己要求我的。"

三十几年以后,当年年轻的护士变成了一位老护士,在她退休那一天,人们用"天使般的心"赞美她那颗充满着爱的护士的心时,她讲了以上这件使她终生难忘的事……

最后她也以平淡的语调说:"我也不是基督徒。有时我们自己的心要求我们做的,比上帝用他的信条要求我们做的更情愿。仁爱是人间的事,而我们有幸是人。所以我们比上帝更需要仁爱,也应比上帝更肯给予。"

没有掌声。

因为人们都在思考她讲的事,和她说的话,忘了鼓掌……在我们人间,使我们忘了鼓掌的事已经少了;而我们大鼓其掌时真的都是那么由衷的吗?

二

此事发生在国外一座大城市的一家小首饰店里。

冬季的傍晚,店外雪花飘舞。

三名售货员都是女性。确切地说,是三位年轻的姑娘。其中最年轻的一位才十八九岁。

已经到可以下班的时间了，另外两位姑娘与最年轻的姑娘打过招呼后，一起离开了小店。现在，小首饰店里，只有最年轻的那位姑娘一人了。

正是西方诸国经济连锁大萧条的灰色时代，失业的人比以往任何一年都多，到处可见忧郁的沮丧的面孔。银行门可罗雀。超市冷清。领取救济金的人们却从夜里就开始排队了。不管哪里，只要一贴出招聘广告，即使仅招聘一人，也会形成聚众不散的局面。

姑娘是在几天前获得这一份工作的。她感到无比的幸运。甚至可以说感到幸福，虽然工资是那么的低微。她轻轻哼着歌，不时望一眼墙上的钟。再过半小时，店主就会来的。她向店主汇报一天的营业情况后，也可以下班了。

姑娘很勤快，不想无所事事地等着。于是她扫地，擦柜台。这不见得会受到店主的夸奖。她也不指望受到夸奖。她勤快是由于她心情好。心情好是由于感到幸运和幸福。

忽然，门吱呀一声开了，进来一个中年男人。

他一肩雪花。头上没戴帽子。雪花在他头上形成了一顶白帽子。

姑娘立刻热情地说："先生您好！"男人点了一下头。

姑娘犹豫刹那，掏出手绢，替他拂去头上的、肩上的雪花。接着她走到柜台后边，准备为这一位顾客服务。其实她可以对他说:"先生,已到下班时间了,请明天来吧。"但她没这么说。

经济萧条的时代,光临首饰店的人太少了。生意惨淡。她希望能替老板多卖出一件首饰。虽然才上了几天班,她却养成了一种职业习惯,那就是判断一个人的身份,估计顾客可能对什么价格的首饰感兴趣。

她发现男人竖起着的大衣领的领边磨损得已暴露出呢纹了。而且,她看出那件大衣是一件过时货。当然,她也看出那男人的脸刚刮过,两颊泛青。

他的表情多么的阴沉啊!他企图靠斯文的举止掩饰他糟糕的心境,然而他分明不是现实生活中的好演员。

姑娘判断他是一个钱夹里没有多少钱的人。于是她引他凑向陈列着廉价首饰的柜台,向他一一介绍价格,可配怎样的衣着。

而他似乎对那些首饰不屑一顾。他转向了陈列着价格较贵的首饰的柜台,要求姑娘不停地拿给他看。有一会儿他同时比较着两件首饰,仿佛就会做出最后的选择。他几乎将那一柜台里的首饰全看遍了,却说一件都不买了。

姑娘自然是很失望的。

男人斯文而又抱歉地说:"小姐,麻烦了您这么半天,实在对不起。"

姑娘微笑着说:"先生,没什么。有机会为您服务我是很高兴的。"

当那男人转身向外走时，姑娘漫不经心地瞥了一眼柜台。漫不经心的一瞥使她顿时大惊失色——价格最贵的一枚戒指不见了！

那是一家小首饰店，当然也不可能有贵到价值几千几万美元的戒指。然而姑娘还是呆住了，仿佛被冻僵了一样。那一时刻她脸色苍白，心跳似乎停止了，血液也似乎不流通了……

而男人已经推开了店门，一只脚已迈到了门外……

"先生！……"姑娘听出了她自己的声音有多么颤抖。

男人的另一只脚，就没向门外迈。男人也仿佛被冻僵在那儿了。

姑娘又说："先生，我能请求您先别离开吗？"男人已迈出店门的脚竟收回来了……

他缓缓地，缓缓地转过了身……

他低声说："小姐，我还有很急迫的事等着我去办。"分明地，他随时准备扬长而去……

姑娘绕出柜台，走到门口，有意无意地将他挡在了门口……

男人的目光冷森起来……

姑娘说："先生，我只请求您听我几句话……"

男人点了点头。

姑娘说："先生，您也许会知道我找到这一份工作有多的不容易！我的父亲失业了。我的哥哥也失业了。因为家里没钱养两个大男人,我的母亲带着我生病的弟弟回乡下去了。我的工资虽然低微,但我的父亲我的哥哥和我自己,正是靠了我的工资才每天能吃上几小块面包。如果我失去了这份工作,那么我们完了。除非我做妓女……"

姑娘说的每一句话都是实话。

姑娘说不下去了。流泪了。无声地哭了……

男人低声说:"小姐,我不明白您的话。"姑娘又说:"先生,刚才给您看过的一枚戒指现在不见了。如果找不到它,我不但将失去工作,还肯定会被传到法院去的。而如果我不能向法官解释明白,我不是要坐牢的吗?先生,我现在绝望极了,害怕极了。我请求您帮着我找找!我相信在您的帮助之下,我才会找到它……"姑娘说的每一句话都是由衷的话。

男人的目光不再冷森。他犹豫片刻,又点了点头。于是他从门口退开,帮着姑娘找。两个人分头这儿找那儿找,没找到。男人说:"小姐,我真的不能再帮您找了。我必须离开了。小姐您瞧,柜台前的这道地板缝多宽呀!我敢断定那枚戒指一定是掉在地板缝里了。您独自再找找吧!听我的话,千万不要失去信心!……"

男人一说完就冲出门外去了……

姑娘愣了一会儿,走到地板缝前俯身细瞧——戒指卡在地板缝间……

而男人走前蹲在那儿系过鞋带……

第二天,人们相互传告——夜里有一名中年男子抢银行未遂……

几天后,当罪犯被押往监狱时,他的目光在道边围观的人群中望见了那姑娘……

她走上前对他说:"先生,我要告诉您我找到那枚戒指了,因而我是多么地感激您啊!……"并且,她送给了罪犯一个小面包圈儿。

她又说:"我只能送得起这么小的一个面包圈儿。"

罪犯流泪了。

当囚车继续向前行驶。姑娘追随着囚车,真诚地说:"先生,听我的话,千万不要失去信心!……"

那是他对姑娘说过的话。

他——罪犯,点了点头……

三

这是秋季的一个雨夜。

雨时大时小,从天黑下来后一直未停,想必整夜不会停的了。

在城市某一个区的消防队值班室里,一名年老的消防队员和一名年轻的消防队员正下棋。棋盘旁边是电话机,还有二人各自的咖啡杯。

他们的值班任务是——有火灾报警电话打来,立即拉响报警器。

年老的消防队员再过些日子就要退休了;年轻的消防队员才参加工作没多久。他们第一次共同值班。

老消防队员举起一枚棋子犹豫不决之际,电话铃骤响……

年轻的消防队员反应迅速地一把抓起了电话……

"救救我……我的头磕在壁炉角上了,流了很多血……我快死了,救救我……"话筒那端传来一位老女人微弱的声音。那是一台扩音电话。

年轻的消防队员愣了愣,爱莫能助地回答:"可是夫人,您不该拨这个电话号码。这里是消防队值班室……"

话筒那一端却再也没有任何声音传来。

年轻的消防队员一脸不安,缓缓地,缓缓地放下了电话。

他们的目光刚一重新落在棋盘上,便不约而同地又望向电话机了。

接着他们的目光注视在一起了……

老消防队员说:"如果我没听错,她告诉我们她流很多血……"

年轻的消防队员点了一下头:"是的。"

"她还告诉我们,她快死了。"

"是的。"

"她在向我们求救。"

"是的。"

"可我们……在下棋……"

"不……我怎么还会有心思下棋呢?"

"我们总该做点儿什么应该做的事对不对?"

"对……可我,真的不知道该做什么……"

老消防队员嘟哝:"总该做点儿什么的……"

他们就都不说话了。

都在想究竟该做点儿什么。

他们首先给急救中心挂了电话,但因为不清楚确切的住址,急救中心的回答是非常令他们遗憾的……

他们也给警方挂了电话,同样的原因,警方的回答也非常令他们失望……

该做的事已经做了,连老消防队员也不知道该继续做什么了……

他说:"我们为救一个人的命已经做了两件事,但并不意味着我们救了一个向我们求救过的人。"

年轻的消防队员说:"我也这么想。"

"她肯定还在流血不止。"

"肯定的。"

"如果没有人去救她,她真的会死的。"

"真的会死的……"

年轻的消防队员说完,忽然拍了一下自己的前额:"嘿,我们干吗不查问一下电话局?那样,我们至少可以知道她住在哪一条街区!……"

老消防队员赶紧抓起了电话……

一分钟后,他们知道求救者住在哪一条街了……

两分钟后,他们从地图上找到了那一条街。它在另一市区。他们又将弄清的情况通告急救中心或警方……

但是一方暂无急救车可以前往,一方的线路占线,拨不通……

老消防队员灵机一动,向另一市区的消防队值班室拨去了电话,希望派出消防车救一位老女人的命……

他遭到了拒绝。

拒绝的理由简单又正当:派消防车救人?荒唐之事!在没有火灾也未经特批的情况下出动消防车,不但严重违反消防队的纪律条例,也严重违反城市管理法啊!

他们一筹莫展了……

老消防队员发呆地望了一会儿挂在墙上的地图,主意已定地说:"那么,为了救一个人的命,就让我来违反纪律和法规吧!……"

他起身拉响了报警器。

年轻的消防队员说:"不能让你在退休前受什么处罚。报警器是我拉响的,一切后果由我来承担。"

老消防队员说:"你还是一名见习队员,怎么能牵连你呢?报警器明明是我拉响的嘛!"

而院子里已经嘈杂起来,一些留宿待命的消防队员匆匆地穿着消防服……

当老消防队员说明拉响报警器的原因后,院子里一片肃静。

老消防队员说:"认为我们不是在胡闹的人,就请跟我们去吧!……"

他说完走向一辆消防车,年轻的消防队员紧随其后。没有谁返身回到宿舍去。也没有谁说什么问什么。都分头登上了两辆消防车……

雨又下大了。马路上的车辆皆缓慢行驶……

两辆消防车一路鸣笛,争分夺秒地从本市区开往另一市区……

它们很快就驶在那一条街道上了。那是一条很长的街道。正是周末,人们睡得晚。几乎家家户户的窗子都明亮着。

求救者究竟倒在哪一幢楼的哪一间屋子里呢?

断定本街上并没有火灾发生的市民,因消防车的到来滋扰了这里的宁静而愤怒。有人推开窗子大骂消防队员们……

年轻的消防队员站立在消防车的踏板上,手持话筒做着必要的解释。

许多大人和孩子从自家的窗子后面,观望到了大雨浇着他和别的消防队员们的情形……

"市民们,请你们配合我们,关上你们各家所有房间的电灯!……"

年轻的消防队员反复要求着……

一扇明亮的窗子黑了……

又一扇明亮的窗子黑了……

再也无人大骂了……

在这一座城市,在这一条街道,在这一个夜晚,在瓢泼大雨中,两辆消防车如夜海上的巡逻舰,缓缓地一左一右地并驶着……

迎头的各种车辆纷纷倒退……

除了司机,每一名消防队员都站立在消防车两旁的踏板上,目光密切地关注着街道两侧的楼房,包括那位老消防队员……

雨,下得更大了……

街道两旁的楼房的窗全都黑暗了,只有两行路灯亮着了……

那一条街道那一时刻那么的寂静……

"看!"一名消防队员激动地大叫起来……

他们终于发现了唯一一户人家亮着的窗……

一位七十余岁的老妇人被消防车送往了医院……

医生说,再晚十分钟,她的生命就会因失血过多不保了。两名消防队员自然没受处罚。市长亲自向他们颁发了荣誉证书,称赞他们是本市"最可爱的市民",其他消防队员也受到了市长的表扬。

那位老妇人后来成为该市年龄最大也最积极的慈善活动志愿者……

大约是在初一时,我从隔壁邻居卢叔收的废报刊堆里翻到了一册港版的《读者文摘》,其中的这一则纪实文章令我的心一阵阵感动。但是当年我不敢向任何人说出我所受的感动——因为事情发生在美国。

当年我少年的心又感动又困惑——因为美国大兵正在越南用现代化武器杀人放火。

人性如泉,流在干净的地方带走不干净的东西;流在不干净的地方它自身也污浊。

四

以下一则"故事"是以第一人称叙述的,那么让我也尊重"原版",以第一人称叙述……

"我"是一位已毕业两年了的文科女大学生。"我"两年内几十次应聘,仅几次被试用过。更多次应聘谈话未结束就遭到了干脆的或客气的拒绝。即使那几次被试用,也很快被以各种理由打发走了……

这使"我"产生了巨大的人生挫败感。刚刚踏入社会啊!

"我"甚至产生过自杀的念头。

"我"找不到工作的主要原因不是有什么品行劣迹,也不是能力天生很差——大学毕业前夕"我"被车撞倒过一次,留下了难以治愈的后遗症——心情一紧张,两耳便失聪。

"我"是一个诚实的人。每次应聘,"我"都声明这一点。

而结果往往是——招聘主管者欣赏"我"的诚实,却不肯降格以用。"我"虽然对此充分理解,可无法减轻人生忧愁。

"我"仍不改初衷,每次应聘,还是一如既往地声明在先,也就一如既往地一次次希望落空……

在"我"沮丧至极的日子里,很令"我"喜出望外的是,"我"被一家报馆试用了!

那是因为"我"的诚实起了作用。也因为"我"诚实不改且不悔的经历引起了同情和尊敬。

与"我"面谈的是一位部门主任。他对"我"说:"你是受过高等教育的,社会应该留给你这么诚实的人适合你的一份工作,否则,就谁也没有资格要求你热爱人生了。"

部门主任的话也着实令"我"大为感动。"我"的具体工作是资料管理。这一份工作获得不易,"我"异常珍惜,而且,也渐渐喜欢这一份工作了。"我"的心情从没有过的好,每天笑口常开。当然,双耳失聪的后遗症现象一次也没发生过……

同事们不但接受了"我"这样一名资料管理员,甚至开始称赞"我"良好的工作表现了。

试用期一天天地过去着,不久,"我"将被正式签约录用了。这是"我"梦寐以求的呀!

"我"不再觉得自己是一个不幸的人,反而觉得自己是一个十分幸运的人了。

某一天,那一天是试用期满的前三天——报馆同事上下忙碌,为争取对一新闻事件的最先报道,人人放弃了午休。到资料馆查询相关资料的人接二连三……

受紧张气氛影响,"我"最担心之事发生了,"我"双耳失聪了!这使我陷于不知所措之境,也使同事们陷于不知所措之境。

笔谈代替了话语。时间对于新闻意味着什么不言自明,何况有多家媒体在与该报抢发同一条新闻!

结果该报在新闻战中败北了。对于该报,几乎意味着是一支足球队在一次稳操胜券的比赛中惨遭淘汰……

客观地说,如此结果,并非完全是由"我"一人造成的。但"我"确实难逃干系啊!

"我"觉得多么地对不起报社、对不起同事们呀!

"我"内疚极了。

同时,多么地害怕三天后被冷淡地打发走呢!"我"向所有当天到过资料室的人表示真诚的歉意,"我"向部门主任当面承认"错误"……

一切人似乎都谅解了"我"。在"我"看来,似乎而已。

"我"敏感异常地觉得,人们谅解自己是假的,是装模作样的。总之是表面的。仅仅为了证明自己的宽宏大量罢了……

"我"猜想,其实报社上上下下,都巴不得自己三天后没脸再来上班……

但,那"我"不是又失业了吗?"我"还能幸运地再找到一份工作吗?第二次幸运的机会究竟在哪儿呀?"我"已根本不相信它的存在了。

奇怪的是——三天后并没谁找"我"谈话,通知"我"被解聘了;当然也没谁来让"我"签订正式录用的合同。"我"太珍惜这份获得不易的工作了!"我"决定放弃自尊,没人通知就照常上班。一切人见了"我",依旧和"我"友好地点头,或打招呼。但"我"觉得人们的友好已经变质了,微笑着的点头已是虚伪的了。分明地,人们对"我"的态度,与以前是那么的不一样了,变得极不自然了,仿佛竭力要将自己的虚伪成功地掩饰起来似的……

以前,每到周末,人们都会热情地邀请"我"参加报社一项"派对"娱乐活动。现在,两个周末过去了,"我"都没受到邀请——如果这还不是歧视,那什么才算歧视呢?

"我"由内疚由难过而生气了——倒莫不如干脆打发"我"走!为什么要以如此虚伪的方式逼"我"自己离开呢?这不是既

想达到目的又企图得到善待试用者的美名吗？

"我"对当时决定试用自己的那一位部门主任，以及自己曾特别尊敬的报社同事们暗生嫌恶了。

都言虚伪是当代人之人性的通病，"我"算是深有体会了！

第三个周末，下班后，人们又都匆匆地结伴走了。

"派对"娱乐活动室就在顶层，人们当然是去尽情娱乐了呀！

只有"我"独自一人留在资料室发呆，继而落泪。

回家吗？

明天还照常来上班吗？

或者明天自己主动要求结清工资，然后将报社上上下下骂一通，扬长而去？

"我"做出了最后的决定。一经决定，"我"又想，干吗还要等到明天呢？干吗不今天晚上就到顶层去，突然出现，趁人们皆愣之际，大骂人们的虚伪。趁人们被骂得呆若木鸡，转身便走有何不可？难道虚伪是不该被骂的吗？！不就是三个星期的工资吗？为了自己替自己出一口气，不要就是了呀！于是"我"抹去泪，霍然站起，直奔电梯……

"我"一脚将娱乐活动室的门踢开了——人们对"我"的出现倍感意外，确实地，都呆若木鸡；而"我"对眼前的情形也同样地倍感意外，也同样地一时呆若木鸡……

"我"看到一位手语教师，在教全报社的人手语，包括主编和社长也在内……

部门主任走上前以温和的语调说:"大家都明白目前这一份工作对你是多么的重要。每个人都愿帮你保住你的工作。三个周末以来都是这样。我曾经对你说过——社会应该留给你这么诚实的人,一份适合你的工作。我的话当时也是代表报社代表大家的。对你,我们大家都没有改变态度……"

"我"环视同事们,大家都对"我"友善地微笑着……

还是那些熟悉了的面孔,还是那些见惯了的微笑……

却不再使"我"产生虚伪之感了。还是那种关怀的目光,从老的和年轻的眼中望着"我",似乎竟都包含着歉意,似乎每个人都在以目光默默地对"我"说:"原谅我们以前未想到用这样的方式帮助你……"

曾使"我"感到幸运和幸福的一切内容,原来都没有变质。非但都没有变质,而且美好地温馨地连成一片令"我"感动不已的,看不见却真真实实地存在着的事实了……

"我"的泪水顿时夺眶而出。

"我"站在门口,低着头,双手捂脸,孩子似的哭着哭着……

眼泪因被关怀而流……

也因对同事们的误解而流……

那一时刻"我"又感动又羞愧,于是人们渐渐聚向"我"的身旁……

五

还是冬季,还是雪花漫舞的傍晚,还是在人口不多的小城,事情还是与一家小小的首饰店有关……

它是比前边讲到的那家首饰店更小了。前边讲的那家首饰店,在经济大萧条的时代,起码还雇得起三位姑娘。这一家小首饰店的主人,却是谁都雇不起的……

他是三十二三岁的青年,未婚青年。他的家只剩他一个人了,父母早已过世了,姐姐远嫁到外地去了。小首饰店是父母传给他继承的。它算不上是一宗值得守护的财富,但是对他很重要,他靠它为生。

大萧条继续着。

他的小首饰店是越来越冷清了,他的经营是越来越惨淡了。

那是圣诞节的傍晚。

他寂寞地坐在柜台后看书,巴望有人光临他的小首饰店。已经五六天没人迈入他的小首饰店了。他既巴望着,也不多么地期待。在圣诞节的傍晚他坐在他的小首饰店里,纯粹是由于习惯。反正回到家里也是他一个人,也是一样的孤独和寂寞。几年以来的圣诞节或别的什么节日,他都是在他的小首饰店里度过的……

万一有人……

他只不过心存着一点点侥幸罢了。

如果不是经济大萧条的时代,节日里尤其是圣诞节,光临他的小首饰店的人还是不少的。

因为他店里的首饰大部分是特别廉价的,适合底层的人们作为礼物。

经济大萧条的时代是注定要剥夺人们某种资格的。首先剥夺的是底层人在节日里相互赠礼的资格。对于底层人,这一资格在经济大萧条的时代成了奢侈之事……

青年的目光,不时离开书页望向窗外,并长长地忧郁地叹上一口气……

居然有人光临他的小首饰店了!光临者是一位少女,看上去只有十一二岁。一条旧的灰色的长围巾,严严实实地围住了她的头,只露出正面的小脸儿。

少女的脸儿冻得通红。手也是。只有老太婆才围她那种灰色的围巾。肯定地,在她临出家门时,疼爱她的母亲或祖母将自己的围巾给她围上了——青年这么想。

他放下书,起身说:"小姐,圣诞快乐!希望我能使你满意,您也能使我满意。"

青年是高个子。少女仰起脸望着他,庄重地回答:"先生,也祝您圣诞快乐!我想,我们一定都会满意的。"

她穿一件打了多处补丁的旧大衣。她回答时,一只手朝她一边的大衣兜拍了一下。仿佛她是阔佬,那只大衣兜里揣着满满一袋金币似的。

青年的目光隔着柜台端详她,看见她穿一双靴勒很高的毡靴。毡靴也是旧的,显然比她的脚要大得多。而大衣原先分明很长,是大姑娘们穿的无疑。谁替她将大衣的下摆剪去了,并且按照她的身材改缝过了吗,是她的母亲或祖母吗?

他得出了结论——少女来自一个贫寒家庭。

她使他联想到了《卖火柴的小女孩》。而他刚才捧读的,正是一本安徒生的童话集。

青年忽然觉得自己对这少女特别怜爱起来,觉得她脸上的表情那会儿纯洁得近乎圣洁。他决定,如果她想买的只不过是一对耳环,那么他将送给她。或仅象征性地收几枚小币……

少女为了看得仔细,上身伏于柜台,脸几乎贴着玻璃了——她近视。

青年猜到了这一点,一边用抹布擦柜台的玻璃,一边温情地瞧着少女。其实柜台的玻璃很干净,可以说一尘不染。他还要擦,是因为觉得自己总该为小女孩儿做些什么才对。

"先生,请把这串项链取出来。"

少女终于抬起头指着说。

"怎么……"

他不禁犹豫了。

"我要买下它。"

少女的语气那么自信，仿佛她大衣兜里的钱，足以买下他店里的任何一件首饰。

"可是……"

青年一时不知自己想说的话究竟该如何说才好。

"可是这串项链很贵？"

少女的目光盯在他脸上。

他点了点头。

那串项链是他小首饰店里最贵的。它是他的镇店之宝。另外所有首饰的价格加起来，也抵不上那一串项链的价格。当然，富人们对它肯定是不屑一顾的，穷人们却只能欣赏而已，所以它陈列在柜台里多年也没卖出去。有它，青年才觉得自己毕竟是一家小首饰店的店主。他经常这么想——倘若哪一天他要结婚了，它还没被卖出去，那么他就不卖它了。他要在婚礼上亲手将它戴在自己新娘的颈上……

现在，他对自己说，他必须认真地对待面前的女孩儿了。

她感兴趣的可是他的镇店之宝呀！

不料少女说："我买得起它。"

少女说罢，从大衣兜里费劲地掏出一只小布袋儿。小布袋儿看上去沉甸甸的，仿佛装的真是一袋金币。

少女解开小布袋儿，往柜台上兜底儿一倒，于是柜台上出现了一堆硬币。但不是金灿灿的金币，而是一堆收入低微的工人们在小酒馆里喝酒时，表示大方当小费的小币……

有几枚小币从柜台上滚落到了地上，少女弯腰——捡起它们。由于她穿着高勒的毡靴，弯下腰很不容易。姿势像表演杂技似的。还有几枚小币滚到了柜台底下，她干脆趴在地上，将手臂伸到柜台底下去捡……

她重新站在他面前时，脸涨得通红。她将捡起的那几枚小币也放在柜台上，一双大眼睛默默地庄严地望着青年，仿佛在问："我用这么多钱还买不下你的项链吗？"

青年的脸也涨得通红，他不由得躲闪她的目光。他想说的话更不知该如何说才好了。全部小币，都不足以买下那串项链的一颗，不，半颗珠子。

他沉吟了半天才吞吞吐吐地说："小姐，其实这串项链并不怎么好。我……我愿向您推荐一对别致的耳环……"

少女摇头道："不。我不要买什么耳环，我要买这串项链……"

"小姐，您的年龄，其实还没到非戴项链不可的年龄……"

"先生，这我明白。我是要买了它当作圣诞礼物送给我的姐姐，给她一个惊喜……"

"可是小姐，一般是姐姐送妹妹圣诞礼物的……"

"可是先生，您不知道我有多爱我的姐姐啊！我可爱她了！我无论送给她多么贵重的礼物，都不能表达我对她的爱……"

于是少女娓娓地讲述起她的姐姐来……

她很小的时候,父母就去世了,是她的姐姐将她抚养大的。她从三四岁起就体弱多病,没有姐姐像慈母照顾自己心爱的孩子一样照顾她,她也许早就死了。姐姐为了她一直未嫁。姐姐为了抚养她,什么受人歧视的下等工作都做过了,就差没当侍酒女郎了。但为了给她治病,已卖过两次血了……

青年的表情渐渐肃穆。

女孩儿的话使他想起了他的姐姐。然而他的姐姐对他却一点儿都不好。出嫁后还回来与他争夺这小首饰店的继承权。那一年他才十九岁呀!他的姐姐伤透了他的心……

"先生,您明白我的想法了吗?"女孩儿噙着泪问。

他低声回答:"小姐,我完全理解。"

"那么,请数一下我的钱吧。我相信您会把多余的钱如数退给我的……"

青年望着那堆小币愣了良久,竟默默地、郑重其事地开始数……"

"小姐,这是您多余的钱,请收好。"

他居然还退给了少女几枚小币,连自己也不知自己在干什么。

他又默默地,郑重其事地将项链放入它的盒子里,认认真真地包装好。

"小姐,现在,它归你了。"

"先生,谢谢。"

"尊敬的小姐，外面路滑，请走好。"他绕出柜台，替她开门，仿佛她是慷慨的贵妇，已使他大赚了一笔似的。

望着少女的背影在夜幕中走出很远，他才关上他的店门。

失去了镇店之宝，他顿觉他的小店变得空空荡荡不存一物似的。

他散漫的目光落在书上，不禁在心里这么说："安徒生先生啊，都是由于你的童话我才变得如此的傻。可我已经是大人了呀……"

那一时刻，圣诞之夜的第一遍钟声响了……

第三天，小首饰店关门。

青年到外地打工去了，带着他爱读的《安徒生童话集》……

三年后，他又回到了小城。

圣诞夜，他又坐在他的小首饰店里，静静地读另一本安徒生的童话集……

教堂敲响了入夜的第一遍钟声时，店门开了——进来的是三年前那一位少女，和她的姐姐，一位容貌端秀的二十四五岁的女郎……

女郎说："先生，三年来我和妹妹经常盼着您回到这座小城，像盼我们的亲人一样。现在，我们终于可以将项链还给您了……"

长大了三岁的少女说："先生，那我也还是要感谢您。因为您的项链使我的姐姐更加明白,她对我是像母亲一样重要的……"

青年顿时热泪盈眶。

他和那女郎如果不相爱,不是就很奇怪了吗?

……

以上五则,皆真人真事,起码在我的记忆中是的。从少年至青年至中年时代,他们曾像维生素保健人的身体一样营养过我的心。第四则的阅读时间稍近些,大约在70年代末。那时我快三十岁了。"文革"结束才两三年,中国的伤痕一部分一部分地裸露给世人看了。事实上经历了"文革"的我,竟有些感觉人性善之脆弱、之暧昧、之不怎么可靠了。

我常想,"文革"之结束,未必不也是对我之人性质量的及时拯救,在它随时有可能变质的阶段……所以,当我读到人性内容的记录那么朴素、那么温馨的文字时,我之感动尤深。我想,一个人可以从某一天开始一种新的人生,世间也是可以从某一年开始新的整合吧?于是我又重新祭起了对人性善的坚定不移的信仰;于是我又以特别理想主义的心去感受时代,以特别理想的眼去看社会了……

这一种状态一直延续了十余年。十余年内,我的写作基本上是理想主义色彩鲜明的。偶有愤世嫉俗性的文字发表,那也往往是由于我认为时代和社会的理想化程度不合我一己的好恶……

然而，步入中年以后，我坦率承认，我对以上几则"故事"的真实性越来越怀疑了。

可它们明明是真实的啊！

它们明明坚定过我对人性善的信仰啊！

它们明明营养过我的心啊！

我知道，不但时代变了，我自己的理念架构也在浑然不觉间发生了重组。我清楚这一点。

我不再是一个理想主义者了。并且，可能永远也不再会是了。

这使我经常暗自悲哀。

我的人生经验告诉我——人在少年和青年时期若不曾对人世特别地理想主义过，那么以后一辈子都将活得极为现实。

少年和青年时期理想主义过没什么不好，一辈子都活得极为现实的人生体会也不见得多么良好；反过来说也行。那就是——一辈子都活得极为现实的人生不算什么遗憾，少年和青年时期理想主义过也不见得是一件值得欣慰的事……

以上几则"故事"，依我想来，在当今中国之现实中，几乎都没有了"可操作"性。谁若在类似的情况下，像它们的当事人那么去思维去做，不知结果会怎样。恐怕会是自食苦果而且被人冷嘲曰自作自受的吧？

我也不会那么去思维那么去做的了。

故我将它们追述出来,绝无倡导的意思,只不过是一种摆脱记忆粘连的方式罢了。

再有什么动机,那就是提供朴素的、温馨的人性和人道内容的体会了。体会体会反正我们也不损失什么……

享受阅读

我很虔诚地为这一套丛书作序。

青少年朋友们，为你们所出版的丛书业已不少，然而我还是要很负责任地说，这一套丛书无疑是值得你们阅读的。并且我相信，如果你们真的阅读了，确实对你们的成长是有益的。

你们都是喜欢上网的孩子吗？我知道，你们十之八九是那样的。

我绝不反对你们上网，连你们喜欢网上游戏这一点也不反对。为什么要反对呢？青少年时期，本就是爱游戏的呀。

但你们每天上网多久呢？一小时？两小时？抑或更长的时间？如果仅仅上网一小时，那么我相信，你们每个星期总归还会有几小时可以读读课外书。如果每天上网两小时以上，那么我斗胆建议你，节省出一小时来，读读书吧，比如，就是这一套丛书。

网上也有吗？网上究竟有没有这样的一些书，我是不清楚的，因为我不是一个喜欢上网的人。

依我想来，无论对于青少年还是成年人，翻开一册书与启动电脑；注目于书页与盯视着电脑屏幕；手把书脊与手抚鼠标，是很不同的状态。据我所知，家里的电脑也罢，别处的电脑也罢，大抵是放在避开阳光的地方的。若阳光投在电脑屏幕上，字图就不清楚了，是吗？

而读书之人，是可以同时置身于阳光中的。既沐浴着阳光，又沉浸在美好文字的世界中，难道不是一种享受吗？

故我认为，读书还是以凭窗为佳。就算是背阳的窗口吧，就算是在窗扇关严的冬季吧，就算是外边正落着雪或下着雨吧——安安静静地看一会儿书，再抬眼望望窗外，望雪花无声地落在外窗台上，望雨丝如帘，使窗外景物迷蒙如梦，心灵体会着那些书中人物的思想、情怀……这样的时刻，怎不是享受的时刻呢！何况此时的你，也许舒适地坐着，竟也许半坐半卧，难道不是惬意之事吗？

青少年朋友们，你们当然知道的——人的大脑分为几个区域，每个区域之间有千丝万缕的联系。那么，你们当然也应该知道——读书和上网，虽然都主要是由视觉神经作用于脑区，发生脑活动，但二者之间，还是有些区别的。也就是说，上网时发生的脑活动,不完全等同于读书时发生的脑活动。进而言之,读书时所发生的一系列脑活动,是只有通过读书这一件事才能进行的。如果一个人长期不读书,他的某一部分脑区,便不进行相应的活动。久而久之,该部分脑区的反射本能就迟钝了。从前说一个人有"书卷气质",那气质便是一种脑状态所呈现于颜面的,是内在精神质量的体现。只上网不读书,人断不能有所谓"书卷气质"。

你们不是都很爱美吗?

书卷气质便是一种气质美。这一种美已经被全人类认可了几千年了。并且,至今也没被否定,没被颠覆。如果你们不信,不妨调查了解一番,问问周边朋友。我估计,十之八九的人,还是很乐于听到别人说自己有书卷气质的。

那么,读书吧。就从这一套丛书读起吧。但愿这一套丛书能成为你们的架上书、枕边书。但愿这一套丛书能使你们渐渐成为不仅喜欢上网,也喜欢读书的人。但愿在你们中年的时候,别人谈论起你们,将会说:

"噢,那是一个喜欢读书的人。"

"啊,那个人的书卷气质给我留下特别的印象。"

我并非是在以虚荣游说于你们,和虚荣没有关系。我想表达的意思其实是——当人们那么评说你们的时候,也是在赞美书籍啊!也是在向读书这一人类古老而又优雅的爱好致敬啊!

孩子们，已经喜欢读书的你们，也和这一套丛书发生亲密的接触吧。还没有喜欢读书这一件事的你们，从这一套丛书开始吧。

我之所以肯向你们推荐这一套丛书，不仅是由书目本身的品质所决定的，也是由书中的导读文字所决定的——那使这套丛书具有了自己的特色……

《语文新课标·影响青少年一生的世界经典名著》
中国纺织出版社
2009年7月

我与文学

我对文学的理解,以及我的写作,当然和许多别人一样,曾受古今中外不少作品和作家的影响,影响确乎发生在我少年、青年和中年各个阶段。或持久,或短暂。却没有古今中外任何一位作家的文学理念和他们的作品一直影响着我。而我自己的文学观也在不断变化……

下面,我按自己的年龄阶段梳理那一种影响:

童年时期主要是母亲以讲故事的方式,向我灌输了某些戏剧化的大众文学内容,如《钓金龟》《铡美案》《乌盆记》《窦娥冤》《柳毅传书》《赵氏孤儿》《一捧雪》……

那些故事的主题,无非体现着民间的善恶观点和"孝""义"之诠释而已。母亲当年讲那些故事,目的绝然不是为了培养我们的文学爱好。她只不过是怕我们将来不孝,使她伤心;也怕我们将来被民间舆论斥为不义小人,使她蒙耻。民间舆论的方式亦即现今所谓之口碑。东北人家,十之八九为外省流民落户扎根。哪里有流民生态,哪里便有"义"的崇尚。流民靠"义"字相互凝聚,也靠"义"字提升自己的品格地位。倘某某男人一旦被民间舆论斥为不义小人,那么他在品格上几乎就万古不复了。我童年时期,深感民间舆论对人的品格,尤其是男人们的品格所进行的审判,是那么的权威,其公正性又似乎那么的不容置疑。故我小时候对"义"也是特别崇尚的。但流民文化所崇尚的"义",其实只不过是"义气",是水泊梁山和瓦岗寨兄弟帮那一种"义"。与正义往往有着质的区别,更非仁义,然而母亲所讲的那些故事,毕竟述自于传统戏剧,内容都是经过一代代戏剧家锤炼的,所传达的精神影响,也就多多少少地高于民间原则,比较地具有着文学美学的意义了。对于我,等于是母乳以外的另一种营养。

这就是为什么,我早期小说中的男人,尤其那些男知青人物,大抵都是孝子,又大抵都特别义气的原因。我承认,在以上两点,我有按照我的标准美化我笔下人物的创作倾向。

在日常生活中,"义"字常使我临尴尬事,成尴尬人。比如我一中学同学,是哈市几乎家喻户晓的房地产老板。因涉嫌走私,忽一日遭通缉——夜里一点多,用手机在童影厂门外往我家里打电话。白天我已受到种种忠告,电话一响,便知是他打来的。虽无利益关系,真有同学之谊。不见,则不"义";若往见之,则日后必有牵连。犹豫片刻,决定还是见。于是成了他逃亡国外前见到的最后一人。于是数次受公安司法部门郑重而严肃地面讯。说是审问也差不多。录口供,按手印,记录归档。

这是五六年前的事。

我至今困惑迷惘,不知一个头脑比我清醒的人,遇此事该取怎样的态度才是正确的态度。倘中学时代的亲密同学于落难之境急求一见而不见,结果虚惊一场,日后案情推翻(这种情况是常有的),我将有何面目复见斯人,复见斯人老母,复见斯人之兄弟姐妹?那中学时代深厚友情的质量,不是一下子就显出了它的脆薄性吗?这难道不是日后注定会使我们双方沮丧之事吗?

但,如果执行缉捕公务的对方们不由分说,先关押我三个月五个月,甚或一年半载,甚至更长时间(我是为一个"义"字充分做好了这种心理准备的),我自身又会落入何境?

有了诸如此类的经历后,我对文学、戏剧、电影有了新的认识。那就是:凡在虚构中张扬的,便是在现实中缺失的,起码是使现实人尴尬的。此点古今中外皆然。因在现实中缺失而在虚构中张扬的,只不过是借文学、戏剧、电影等方式安慰人心的写法。这一功能是传统的功能,也是一般的功能。严格地讲,是非现实主义的,归为理想主义的写法或更正确。而且是那种照顾大众接受意向的浅显境界的理想主义写法。揭示那种种使现实人面临尴尬的社会制度的、文化背景的,以及人性困惑的真相的写法,才更是现实主义的写法。回顾我早期的写作,虽自诩一直奉行现实主义,其实是在理想主义和现实主义之间左顾右盼,每顾此失彼,像徘徊于两岸两片草地之间的那一头寓言中的驴。就中国文学史上呈现的状态而言,我认为,近代的现实主义文学,其暧昧性大于古代;现代大于近代;当代大于现代。原因不唯在当代主流文学理念的禁束,也由于我及我以上几代写作者根本就是在相当不真实的文化背景的影响之下成长起来的。它最良好开明时的状态也不过就是暧昧。故我们先天的写作基因是潜伏着暧昧的成分。即使我们产生了叛逆主流文学理念禁束的冲动,我们也难以有改变我们先天基因的能力。

　　自幼所接受的关于"义"的原则,在现实之中又逢困惑和尴尬。对于写作者,这是多么不良的滋扰。倘写作者对此类事是不敏感的,置于脑后便是了。偏偏我又是对此类事极为敏感的写作者。这一种有话要说不吐不快的冲动,常变成难以抗拒的写作的冲动。而后一种冲动下快速产生的,自然不可能是什么文学,只不过是文学方式的社会发言而已……

　　我并非是那类小时候便立志要当作家才成为作家的人。在我仅仅是一个爱听故事的孩子的年龄,我对作家这一种职业的理解是那么的单纯——用笔讲故事,并通过故事吸引别人感动别人的人。如果说这一种理解水平很低,那么我后来自认为对作家这一种职业似乎有了"成熟"多了的理解,实际上比我小时候的理解距离文学还要远些。因为讲故事的能力毕竟还可以说是作家在新闻评论充分自由的国家和时代,可能使人成为好记者。反之,对于以文学写作为职业的人,也许是一种精力的浪费吧。如果我在二十余年的写作时间里,在千万余字的写作实践中,一直游弋于文学的海域,而不每每地被文字方式的社会发言的冲动所左右,我的文学意义上的收获,是否会比现在更值得自慰呢?

然而我并不特别地责怪自己。因为我明白,我所以曾那样,即使大错特错了,也不完全是我的错。从事某些职业的人,在时代因素的影响下,往往会变得不太像从事那些职业的人。比如"文革"时期的教师都有几分不太像教师;"文革"时期的学生更特别地不像学生。于今的我回顾自己走过的文学路,经常替自己感到遗憾和惋惜,甚至感到忧伤……

比较起来,我还是更喜欢那个爱听故事的孩子年龄的我。作家对文学的理解也许确乎越单纯越好。单纯的理解才更能引导我走上纯粹的路。而对于艺术范畴的一切职业,纯粹的路上才出纯粹的成果。

少年时期从小学四五年级起,我开始接触文学。不,那只能说是接近。此处所言之文学,也只不过是文学的胚胎。家居的街区内,有三四处小人书铺。我在那些小人书铺里度过了许多惬意的,无论什么时候回忆起来都觉得幸福的时光。今人大概一般认为，所谓文学的摇篮，起码是高校的中文系或文学系。但对我而言，当年那些小人书铺即是。小人书文字简洁明快，且可欣赏到有水平的甚至堪称一流的绘画。由于字数限制所难以传达的细致的文学成分，在小人书的情节性连贯绘画中，大抵会得以形象地表现。而这一点又往往胜过文学的描写。对于儿童和少年，小人书的美学营养是双重的。

小人书是我能咀嚼文学之前的"代乳品"。

但凡是一家小人书铺，至少有五六百本小人书。对于少年，那也几乎可以说是古今中外包罗万象了。有些取材于当年翻译过来的外国当代作品，那样的一些小人书以后的少年是根本看不到了。

比如《中锋在黎明前死去》——这是一本取材于美国当年的荒诞现实主义电影的小人书，讽刺资本对人性的霸道的侵略。讲一名足球中锋，被一位资本家连同终生人身自由一次性买断。而"中锋"贱卖自己是为了给儿子治病。资本家还以同样的方式买断了一名美丽的芭蕾舞女演员、一头人猿、一位生物学科学家，以及另外一些他认为"特别"的具有"可持续性"商业价值的人。他企图通过生物学科学家的实验和研究，迫使所有那些被他买断了终生人身自由的"特别"人相互杂交，再杂交后代，"培植"出成批的他所希望看到的"另类"人，并推向世界市场。"中锋"却与美丽的芭蕾舞女演员深深相爱了，而芭蕾舞女演员按照某项她当时不十分明白的合同条款,被资本家分配给人猿做"妻子"……

结局自然是悲惨的。美丽的芭蕾舞女演员被人猿撕碎;"中锋"掐死了资本家;生物学科学家疯了……

而"中锋"被判死刑。在黎明前,在一场世界锦标赛的海报业已贴得到处可见之后,"中锋"被推上了绞架……

这一部典型的美国好莱坞讽刺批判电影,是根据一部阿根廷20世纪50年代的剧本改编的,其内容不但涉及资本膨胀的势力与在全世界都极为关注的"克隆"实验,在其内容中也有超前的想象。倘滤去其内容中的社会立场所决定了的成分,仅从文学的一般规律性而言,我认为作者的虚构能力是出色的。

那一本小人书给我留下极深的印象。

比如《前面是急转弯》——这是一部苏联时期的社会现实题材小说。问世后很快就拍成了电影,并在当年的中国放映过。但我没有机会看到它,我看到的是根据电影改编的小人书。

它讲述了这样一件事:踌躇满志事业有成的男人,连夜从外地驾车赶回莫斯科,渴望着与他漂亮的未婚妻度过甜蜜幸福的周末时光。途中他的车灯照见了一个卧在公路上的人。他下车看时,见那人全身浸在一片血泊中。那人被另一辆车撞了。撞那人的司机畏罪驾车逃遁了。那人还活着,还有救,哀求主人公将自己送到医院去。在公路的那一地点,已能望见莫斯科市区的灯光了。将不幸的人及时送到医院,只不过需要二十几分钟。主人公看着血泊中不幸的人却犹豫了。他暗想如果对方死在他的车上呢?那么他将受到司法机关的审问,那么他将不能与未婚妻共同度过甜蜜幸福的周末了,难道自己连夜从外地赶回莫斯科,只不过是为了救眼前这个血泊中的人吗?他的车座椅套是才换的呀!那花了他不少的一笔钱呢!何况,没有第三者作证,如果他自己被怀疑是肇事司机呢?那么他的事业,他的地位,他的婚姻,他整个的人生……

在不幸的卧于血泊中的人苦苦地哀求之下,他一步步后退,跳上自己的车,绕开血泊加速开走了。

他确实与未婚妻度过了一个甜蜜幸福的周末。

他当然对谁都只字不提他在公路上遇到的事,包括他深深地爱着的未婚妻。

然而他的车毕竟在公路上留下了轮印,他还是被传讯并被收押了。

在审讯中,他力辩自己的清白无辜。为了证明他并没说谎,他如实"交代"了自己的真实想法……

当然,肇事司机最终还是被调查到了。

无罪的他获释了。

但他漂亮的未婚妻已不能再爱他。因为那姑娘根本无法接受这样一个事实——她不但爱而且尊敬的这个男人,竟会见死不救。非但见死不救，还在二十几分钟后与她饮着香槟谈笑风生、诙谐幽默，并紧接着和她做爱……

他的同事们也没法像以前那么对他友好了……

他无罪，但依然失去了许多……

这一部电影据说在当年的苏联获得好评。在当年的中国，影院放映率却一点儿也不高。因为在当年的中国，救死扶伤的公德教育深入人心，可以说是蔚然成风。这一部当年的苏联电影所反映的事件，似乎是当年的中国人很难理解的。正如许多中国人当年很难理解安娜·卡列尼娜为什么非离婚不可……

我承认，我还是挺欣赏苏联某些文学作品和电影中的道德影响力的。

此刻，我伏案写到此处，头脑中一个大困惑忽然产生了——救死扶伤的公德教育（确切地说应该是人性和人道教育）在当年的中国确曾深入人心，确曾蔚然成风——但"文革"中发生的残酷事件，不也是千般百种举不胜举吗？为什么一个民族会从前一种事实一下子就转移到后一种事实了呢？

是前一种事实不真实吗？

我是从那个时代成长过来的。我感觉那个时代在那一点上是真实的啊。

是后一种事实被夸张了吗？

我也是从后一个时代经历过来的。我感觉后一个时代确乎是可怕的时代啊。

我想,此转折中,我指的非是政治的而是人性的——肯定包含着某些规律性的至为深刻的原因。它究竟是什么,我以后要思考思考……

倘一名少年或少女手捧一本内容具有文学价值的小人书看着,无论他或她是在哪里看着,其情形都会立刻勾起我对自己少年时代看小人书度过的那些美好时光的回忆,并且,使我心中生出一片温馨的感动……

我至今保留着三十几本早年出版的小人书。

中学时代某些小人书里的故事深印在我头脑中,使我渴望看到那些故事在"大书"里是怎样的。我不择手段地满足自己对文学作品的阅读癖,也几乎是不择手段地积累自己的财富——书。

与我家一墙之隔的邻居姓卢。卢叔是个体收破烂的,经常收回旧书。我的财富往往来自他收破烂的手推车。我从中发现了《白蛇传》和《梁祝》的戏剧唱本,而且是解放前的,有点儿"黄色"内容的那一种。一部破烂不堪的《聊斋志异》也曾使我欣喜若狂如获至宝。

《白蛇传》是我特别喜欢的文学故事。古今中外,美丽的,婉约的,缠绵于爱,为爱敢恨敢舍生忘死拔剑以拼的巨蛇只有一条,那就是白娘子白素贞。她为爱所受之苦难,使是中学生的我那么那么地心疼她。我不怎么喜欢许仙。我觉得爱有时是值得超乎理性的。白娘子对许仙的爱便值得他超乎理性地守住。既可超乎理性，又怎忍歧视她为异类？当年我常想，我长大了，倘有一女子那般爱我，则不管她是蛇，是狮虎，是狼甚至是鬼怪，我都定当以同样程度同样质量的爱回报她。哪怕她哪一天恶性大发吃了我，我也并不后悔。正如今天流行歌曲唱的"爱不需要天长地久，爱只需要曾经拥有"。

但是《白蛇传》又从另一方面影响了我的情爱观，那就是——我从少年时期起便本能地惧怕轰轰烈烈的、不顾生不顾死的那一种爱。我觉得我的生命肯定不能承受爱得如此之重。向往之，亦畏之。少年的我，对家庭已有了责任意识，而且是必须担当的责任意识，故常胡思乱想——倘若将来果真被一个女子以白蛇那一种不顾生不顾死的方式爱着了，我可究竟该怎么办才好呢？我是明明不可以相陪着不顾生不顾死地爱的啊！倘我为爱而死，谁来孝敬母亲呢？谁来照顾患精神病的哥哥呢？进而又想，我若一孤儿，或干脆像孙悟空似的，是从石头里"生"出来的，那多好。那不是就可以无牵无挂地爱了吗？这么想，又立刻意识到对父母对家庭很罪过，于是内疚，自责……

《梁祝》的浪漫也是我极为欣赏的。

我认为这一则文学故事的风格是完美的。以浪漫主义的"欢乐颂"式的喜悦情节开篇；以现实主义的正剧转悲剧的起承跌宕推进人物命运；又以更高境界的浪漫主义情调扫荡悲剧的压抑，达到想象力的至臻至美。它绮丽幽雅，飘逸隽永，"秾纤得衷，修短合度"。

我认为就一则爱情故事而言，其浪漫主义与现实主义结合得出神入化，古今中外，无其上者。

据说，在某些大学中文系的课堂，《白蛇传》和《梁祝》的地位只不过列在"民间故事"的等级。而在我的欣赏视野内，它们是经典的、绝对一流的、正宗的雅文学作品。

梁斌的《红旗谱》以及下部《播火记》给我的阅读印象也很深。

《红旗谱》中有一贫苦农民严志和，严志和有二子，长子运涛，次子江涛。江涛虽为农家子，却仪表斯文，且考上了保定师专。师专有一位严教授，严教授有一独生女严萍，秀丽、聪慧、善良，具叛逆性格。她与江涛相爱。

中学时期的我，常想象自己是江涛，梦想班里似乎像严萍的女生注意我的存在，并喜欢我。

这一种从未告人的想象延续不灭，至青年，至中年，至于今。往往忘了年龄，觉得自己又是学生，相陪着一名叫严萍的女生逛集市。而那集市的时代背景，当然是《红旗谱》的年代。似乎只有在那样的年代，一串糖葫芦俩人你咬下一颗我咬下一颗地吃，才更能体会少年之恋的甜。在我这儿，一枝红玫瑰的感觉太正儿八经了；倘相陪着逛大商场，买了金项链什么的再去吃肥牛火锅,非我所愿,也不会觉得内心里多么的美气……

当然我还读了高尔基的"三部曲";读了《牛虻》《钢铁是怎样炼成的》《红岩》《斯巴达克斯》等。

蒲松龄笔下那些美且善的花精狐妹、仙姬鬼女,皆我所爱。松龄先生的文采,是我百读不厌的。于今,偶游刹寺庙庵,每作如是遐想——倘年代复古,愿寄宿院中,深夜秉烛静读,一边留心侧耳,若闻有女子低吟"玄夜凄风却倒吹,流萤惹草复沾帏",必答"幽情苦绪何人见,翠袖单寒月上时",并敞门礼纳……

另有几篇小说不但对我的文学观,而且对我的心灵成长,对我的道德观和人生观发生影响。

陀思妥耶夫斯基的《白夜》。

这是一个短篇。内容:一个美丽的少女与外祖母相依为命。外祖母视其为珠宝,唯恐被"盗"。于是做了一件连体双人衫。自己踏缝纫机时,与少女共同穿上,这样少女就离不开她了,只有端端地坐在她旁边看书。但要爱的心是管不住的。少女爱上了家中房客,一位一无所有的青年求学者,每夜与他幽会。后来他去彼得堡应考,泥牛入海,杳无音讯。少女感到被抛弃了,常以泪洗面。在记忆中,此小说是以"我"讲述的。"我"租住在少女家阁楼上。"我"渐渐爱上了少女。少女的心在被弃的情况下是多么需要抚慰啊!就在"我"似乎以同情赢得少女的心,就在"我"双手捧住少女的脸颊欲吻她时,少女猛地推开了"我"跑向前去——她爱的青年正在那时回来了……于是他们久久地拥吻在一起……而"我"又失落又感动,心境亦苦亦甜,眼中不禁盈泪,缓缓转身离去。那一个夜晚月光如水。那是"我"记忆中最明亮的夜……

陀氏以第一人称写的小说极少。甚至,也许仅此一篇吧?此篇一反他作品一贯阴郁冷漠的风格,温馨圣洁。它告诉中学时期的我:爱不总是自私的。爱的失落也不必总是"心口永远的疼"……

马卡连柯的《教育诗》。

内容:职任苏维埃共和国初期的孤儿院院长马卡连柯,在孤儿院粮食短缺的情况下,将一笔巨款和一支枪、一匹马交给了孤儿中一个"劣迹"分明的青年,并言明自己交托的巨大信任,对孤儿院的全体孩子们意味着什么。那青年几乎什么也没表示便接钱、接枪上马走了。半个月过去,人们都开始谴责马卡连柯。但某天深夜,那青年终于疲惫不堪地引领着押粮队回来了,他路上还遇到了土匪,生命险些不保。

他问马卡连柯:"院长,您是为了考验我吗?"马卡连柯诚实地回答:"是的。""如果我利用了您的考验呢?""当时的情况不允许我这样想。你知道的,只有你一个人能完成任务。""那么,您胜利了。""不,孩子,是你自己胜利了。"高尔基看了《教育诗》大为感动,邀见了马卡连柯院长,促膝长谈。它使中学时期的我相信：给似乎不值得信任的人一次值得信任的机会，未尝不是必要的。人心渴望被信任，正如植物不能长期缺水。但是后来我的种种经历亦从反面教育我——那确乎等于是在冒险。

托尔斯泰的《复活》。

这部小说使中学时期的我害怕：倘一个人导致了另一个人的悲剧，而自己不论以怎样的方式忏悔都不能获得原谅，那么他将拿自己怎么办？

法朗士的《衬衫》。

内容：国王生病，病症是倍感自己的不幸福。于是名医开方——找到一件幸福的人穿过的衬衫让国王穿，幸福的微粒就会被国王的皮肤吸收。于是到处寻找幸福的人。举国上下找了个遍，竟无人幸福。那些因权力、地位、财富、名望、容貌而被别人羡慕的人，其实都有种种的不幸福。最令人苦笑不禁的是：有人因自己的妻子是国王的情妇而不幸福；有人也因自己的妻子不能是国王的情妇而不幸福。最后找到了一个在田间小憩的农夫，赤裸上身快乐吹笛。问其幸福否，答正幸福着。于是许以城池，仅求一衫。农夫叹曰：我穷得连一件衬衫都没有……

它使中学时期的我对大人们的人生极为困惑：难道幸福仅仅是一个词罢了？后来我的人生经历渐渐教育我明白：幸福只不过是人一事一时，或一个时期的体会。一生幸福的人，大约真的是没有的……

"文革"中我获得了一个绝好的机会——半个月内，昼夜看管学校图书室。那是我以"红卫兵"的名义强烈要求到的责任。有的夜晚我枕书睡在图书室。虽然只不过是一所中学的图书室，却也有两千多册图书。于是我如饥似渴地读雨果、霍桑、司汤达、狄更斯、哈代、卢梭、梅里美、莫泊桑、大仲马、小仲马、罗曼·罗兰，等等。

于是我的文学视野，由苏俄文学，而拓宽向18世纪、19世纪西方大师们的作品……

拜伦的激情、雪莱的抒情、雨果的浪漫与恣肆磅礴、托尔斯泰的从容大气、哈代的忧郁、罗曼·罗兰的蕴藉深远以及契诃夫的敏感、巴尔扎克的笔触广泛，至今使我钦佩。

莎士比亚没怎么影响过我。

《红楼梦》我也不是太爱看。

却对安徒生和格林兄弟的童话至今情有独钟。

西方名著中有一种营养对我是重要的。那就是善待和关怀人性的传统以及弘扬人道精神。

今天的某些评者讽我写作中的"道义担当"之可笑。

而我想说：其实最高的道德非它，乃人道。我从中学时代渐悟此点。我感激使我明白这一道理的那些书。因而，在"文革"中，我才是一个善良的"红卫兵"。因而，大约在1984年，我有幸参加过一次《政府工作报告草案》的党外讨论，力陈有必要写入"对青少年一代加强人性和人道教育"。后来,《报告》中写入了,但修饰为"社会主义的人性和革命的人道主义教育"。我甚至在1979年就写了一篇辩文《浅谈"共同人性"和"超阶级的人性"》。以上,大致勾勒出了我这样一个作家的文学观形成的背景。我是在中外"古典"文学的影响之下决定写作人生的。这与受现代派文学影响的作家们是颇为不同的。我不想太现代。但也不会一味崇尚"古典"。因为中外"古典"文学中的许多人事,今天又重新在中国上演为现实。现实有时也大批"复制"文学人物及情节和事件。真正的现代的意义,在中国,依我想来,似应从这一种现实对文学的"复制"中窥见深刻。但这非是我有能力做到的。在中国古典白话长篇小说中,我喜欢的名著依次如下:《三国演义》《西游记》《封神演义》《水浒传》《隋唐演义》《红楼梦》《老残游记》《聊斋志异》……我喜欢《三国演义》的气势磅礴、场面恢宏、塑造人物独具匠心的情节和细节。

中外评家在评到托尔斯泰的《安娜·卡列尼娜》时,总不忘对它的开卷之语溢美有加。正如我们都知道的,那句话是:"幸福的家庭是相似的,不幸的家庭各有各的不幸。"

据说,托翁写废了许多页稿纸,苦闷多日才确定了此开卷之语。

于是都知道此语是多么多么的好,此事亦成美谈。

然我以为,若与《三国演义》的开卷之语相比,则似乎顿时失色。"话说天下大事，分久必合，合久必分。"我常觉得能说出这样话的一定不是凡人。当然，两部小说的内容根本不同，是不可以强拉硬扯地胡乱相比的。我明知而非要相比，实在是由于钦佩。

我一直认为这是一部关于一个国家的一次形成的伟大小说。它所包含的政治的、军事的、外交的以及择才用人的思想，直至现今依然是熠熠闪光的。在惊天地泣鬼神的大战役的背景之下刻画人物，后来无其上者。

《三国演义》是绝对当得起"高大"二字的小说。

我喜欢《西游记》的想象力。我觉得那是一个人的想象天才伴随着愉快所达到的空前绝后的程度。娱乐全球的美国电影《蝙蝠侠》啦，《超人》啦，《星球大战》啦，一比就都被比得小儿科了。《西游记》乃天才的写家为我们后人留下的第一"好玩儿"的小说。《封神演义》的想象力不逊于《西游记》。它常使我联想到荷马的《伊利亚特》和《奥德修斯》。"雷震子"和"土行孙"二人物形象，证明着人类想象力所能达到的妙境。在全部西方诸神中，模样天真又顽皮的爱神丘比特，也证明着人类想象力所能达到的妙境。东西方人类的想象力在这一点上相映成趣。

《封神演义》乃小说写家将极富娱乐性的小说写得极庄严的一个范本。《西游记》的"气质"是喜剧的；《封神演义》的"精神"却是特别正剧的，而且处处呈现着悲剧的色彩。

我喜欢《水浒传》刻画人物方面的细节。几乎每一个主要人物的出场都是精彩的，而且在文学的意义上是经典的。少年时我对书中的"义"心领神会。青年以后则开始渐渐形成批判的态度了。梁山泊好汉中有我非常反感的二人：一是宋江；一是李逵。我并不从"造反"的不彻底性上反感宋江，因为那一点也可解释成人物心理的矛盾。我是从小说家塑造人物的"薄弱"方面反感他的。我从书中实在看不出他有什么当"第一把手"的特别的资格。而李逵，我认为在塑造人物方面是更加的失败了，觉得只不过是一个符号。他一出场，情节就闹腾，破坏我的阅读情绪。李逵这一人物简单得几乎概念化。关于他唯一好的情节，依我看来，便是下山接母。《水浒传》中最煞有介事也最有损"好汉"本色的情节，是石秀助杨雄成功地捉了后者妻子的奸那一回。那一回一箭双雕地使两个酷武男人变得像弄里流氓。杨雄的杀妻与武松的杀嫂是绝不能相提并论的。武松的对头西门庆是与官府过从甚密的势力人物；武松的杀嫂起码还符合着一命抵一命的常理。杨雄杀妻时，石秀在一边幸灾乐祸的样子，其实是相当猥琐的。他后来深入虎穴暗探祝家庄的"英雄行为"，洗刷不尽他的污点……

《隋唐演义》自然不如《水浒传》那么著名，但比之《水浒传》，它似乎将"义"的品质提升了层次。瓦岗兄弟的成分，似乎也不像梁山好汉那么芜杂。而且，前者所反的，直接便是朝廷。他们的目标是明确的而不是暧昧的，他们是比宋江们更众志成城的，所以他们成功了。秦琼这个人物身上所体现的"义"，具有"仁义"的意义，是所有的梁山好汉们身上全都不曾体现出来的……

我不是多么喜欢《红楼梦》这一部小说。

它脂粉气实在是太浓了，不合我阅读欣赏的"兴致"。

我想，男人写这样的一部书，不仅需要对女人体察入微的理解，自身恐怕也得先天地有几分女人气的。曹雪芹正是一位特别女人气的天才。但我依然五体投地那么地佩服他写平凡、写家长里短的非凡功力。我常思忖，这一种功力，也许是比写惊天动地的大事件更高级的功力。西方小说中，曾有"生活流"的活跃，主张原原本本地描写生活，就像用摄像机记录人们的日常生活那样。我是很看过几部"生活流"的样板电影的。那样的电影最大程度地淡化了情节，也根本不铺排所谓矛盾冲突。人物在那样的电影里"自然"得怪怪的，就像外星人来到地球上将人类视为动物而拍的"动物世界"。那样的电影的高明处，是对细节的别具慧眼的发现和别具匠心的表现。没了这一点，那样的电影就几乎没有任何欣赏的价值了。

我当然不认为《红楼梦》是什么"生活流"小说。事实上《红楼梦》对情节和人物命运的设计之讲究，几乎到了考究的程度。但同时，《红楼梦》中充满了对日常生活细节，以及人物日常情绪变化的细致描写。那么细致需要特殊的自信，其自信非一般写家所能具有。

《红楼梦》是用文学的一枚枚细节的"羽毛"成功地"裱糊"了的一只天鹅标本。它的写作过程显然可评为"慢工出细活儿"的范例。我由衷地崇敬曹雪芹在孤独贫病的漫长日子里的写作精神。那该耐得住怎样的寂寞啊。曹雪芹是无比自信地描写细节的大师。《红楼梦》给我的启示是：细细地写生活，这一对小说的曾经的要求，也许现今仍不过时……

我喜欢《老残游记》，乃因它的文字比《二十年目睹之怪现状》《儒林外史》《官场现形记》都好些，结构也完整些；还因它对自然景色的优美感伤的描写。

《聊斋志异》不应算白话小说，而是后文言小说。我喜欢的是它的某些短篇。至于集中的不少奇闻轶事，现今的小报上也时有登载，没什么意思。

我至今仍喜欢的外国小说是：《约翰·克利斯朵夫》《悲惨世界》《九三年》《大卫·科波菲尔》《安娜·卡列尼娜》《红与黑》《红字》《德伯家的苔丝》《简·爱》，巴尔扎克和梅里美的某些中短篇代表作……

我不太喜欢《雾都孤儿》《呼啸山庄》那一类背景潮湿阴暗，仿佛各个角落都潜伏着计谋与罪恶，而人物心理或多或少有些变态的小说……

《堂·吉诃德》我也挺喜欢。有三位外国作家的作品是我一直不大喜欢得起来的：陀思妥耶夫斯基、左拉、劳伦斯。

一个事实是那么地令我困惑不解：资料显示，陀氏活着的时候，许多与他同时代的俄国人，甚至可以说大多数与他同时代的俄国人谈论起他和他的作品，总是态度暧昧地大摇其头。包括许多知识分子和他的作家同行们。他们的暧昧中当然有相当轻蔑的成分。一些人的轻蔑怀有几分同情；另一些人的轻蔑则彻底地表现为难容的恶意。陀氏几乎与他同时代的任何一位作家都没有什么密切的往来，更没有什么友好的交往。他远远地躲开所谓文学的沙龙，那些场合也根本不欢迎他。他离群索居，在俄国文坛的边缘，默默地从事他那苦役般的写作。他曾被流放西伯利亚，患有癫痫病，最穷的日子里买不起蜡烛。他经常接待某些具有激进的革命情绪的男女青年。他们向他请教拯救俄国的有效途径，同时向他鼓吹他们的"革命思想"。而他正是因为头脑之中曾有与他们相一致的思想才被流放西伯利亚的，并且险些在流放前被枪毙。于是他以过来人的经验劝青年们忍受。热忱地向他们宣传他那种"内部革命"的思想。他相信并且强调，"一个"真的正直的人的榜样的力量是无穷的。他更加热忱地预言，只要这样的"一个"人出现了，千万民众就会洗心革面地追随其后，于是一个风气洁净美好的新社会就自然而然地形成了。那"一个"人究竟应该是怎样的呢，便是他《白痴》中的梅什金公爵了。一个从精神病院出来的，和他自己一样患有癫痫病的没落贵族后裔。他按照自己的标准，将他用小说为人类树立的榜样塑造成一个单纯如智障儿，集真善美品质于一身的理想人物。而对于大多数精神被社会严重污染与异化的人们，灵魂要达到那么高的高度显然不但是困难的，而且是痛苦的。他在《罪与罚》中成功地揭示了这一种痛苦，并试图指出灵魂自新的方式。他自信地指出了，那方式便是他"灵魂深处爆发革命"的主张。当然，他的"革命"说，非是针对社会的行为，而是每一个人改造自己灵魂的自觉意识……

综上所述，像他这样一位作家，在活着的时候，既受到思想激进者的嘲讽，又引起思想保守者的愤怒是肯定的。因为他笔下的梅什金公爵，分明不是后者所愿承认的什么榜样。他们认为他是在通过梅什金公爵这一文学形象影射他们的愚不可及。而他欣赏梅什金公爵又是那么的由衷，那么的真诚，那么的实心实意。

陀氏在他所处的时代是尴尬的，遭受的误解最多。他的众多作品带给他的与其说是荣耀和敬意，还莫如说是声誉方面的伤痕。

但也有资料显示，在他死后，"俄国的有识之士全都发来了唁电"。

那些"有识之士"是哪些人？资料没有详列。

是因为他死了，"有识之士"忽然明白，将那么多的误解和嘲讽加在他身上是不仁的，所以全都表示哀悼；还有后来研究他的人，认为与他同时代的"有识之士"对他的态度是可耻的，企图掩盖历史的真相呢。

我的困惑正在此点。

我是由于少年时感动于他的《白夜》才对他发生兴趣的。到"上山下乡"前，我已读了大部分他的小说的中文译本。以后，便特别留意关于他的评述了。

我知道托尔斯泰说过嫌恶陀氏的话，而陀氏年长他七岁，成名早于他十几年，是他的上一代作家。

高尔基甚至这么评价他："陀思妥耶夫斯基无可争辩，毫无疑问地是天才。但这是我们的一个凶恶的天才。"

车尔尼雪夫斯基更是曾几乎与他势不两立。

苏维埃成立以后，似乎列宁和斯大林都以批判性的话语谈论过他。

于是陀氏在苏联文学史上的地位一再低落。

而相应的现象是，西方世界的文学评论，将他推崇为俄国第一伟大的作家，地位远在屠格涅夫、托尔斯泰之上。这有西方新兴文学流派推波助澜的作用，也有意识形态冷战的因素。

我不太喜欢他，仅仅是不太喜欢他而已，并不反感他。我的不太喜欢，也完全是独立的欣赏感受，不受任何方面的评价的影响。我觉得陀氏的小说中，不少人物身上都有神经质的倾向。在现实生活中我非常难以忍受神经质的人在我眼前晃来晃去，读同样文学状态的小说我亦会产生心烦意乱的生理反应。我一直承认并相信文学对于人的所谓灵魂有某种影响力，但是企图探讨并诠释灵魂问题的小说是使我望而生畏的。陀氏的小说中有太浓的宗教意味儿，而且远不如宗教理念那么明朗健康。最后一点，在对一切艺术的接受习惯上，"病态美学"是我至今没法儿欣赏的。而陀氏的作品，是我所读过的外国小说中病态迹象呈现得显著的……

　　我觉得高尔基评说陀氏是"一个凶恶的天才"，用词太狠了，绝对的不公正。我认为陀氏是"一个病态的天才"。首先是天才，其次有些病态。因其病态而使作品每每营造出紧张压抑、阴幻异迷的气氛，而这正是许多别的作家们纵然蓄意也难以为之的风格。陀氏的作品凭此风格独树一帜。但那的确非我所喜欢的小说的风格。他常使我联想到梵高。梵高是一个心灵多么单纯的大儿童啊！西方的评论也认为陀氏是一个心灵单纯的大儿童。我却不这么认为。我觉得恰恰相反。身为作家，也许陀氏的心灵常常处在内容太繁杂太紊乱的状态。因为儿童是从来不想人的灵魂问题的。成年人难免总要想想的，但若深入地去想，是极糟糕的事。梵高以对光线和色彩特别敏感的眼观察大自然，因而留给我们的是美；陀氏却以对人心特别敏感的、神经质的眼观察罪恶在人心里的起源，因而他难免写出一些使人看了不舒服的东西。这乃是作家与画家相比，作家注定容易遭到误解与攻讦的前提。除了陀氏的《白夜》，我还喜欢他的《穷人》。我对他这两篇作品的喜欢，和对他某些作品的不喜欢，只怕是难以改变的了……

在 80 年代以前，对于我这样一个由喜欢看小人书而接触文学的少年，爱弥尔·左拉差不多是一位陌生的法国作家的名字。倒是曾经与他非常友好，后来又化了名在报上攻击他的都德，给我留下极深的记忆。这是因为，都德的短篇《最后一课》，收入过初中一年级的语文课本里，也被改编成小人书。而且，在收音机里反复以广播小说的形式播讲过。

在我少年时代的小人书铺里，我没发现过由左拉的小说改编的小人书。肯定是由于左拉的小说不适合改编成小人书供少年们看。在我是知青的年龄，曾极短暂地拥有过一部左拉的《娜娜》。

那时我已是"兵团"的文学创作员。每年有一次机会到"兵团"总司令部佳木斯市去接受培训。我的表哥居佳木斯市。我自然会利用每次接受培训的机会去看他。有次他不在家，我几乎将他珍藏的外国小说"洗劫"一空，塞了满满一大手提包带回了我所在的一团宣传股，其中就包括左拉的《娜娜》。手提包里的外国小说其实我都看过，唯《娜娜》闻所未闻。我几次想从提包里翻出来在列车上看，但是不敢。因为当年，一名青年在列车上看一部外国小说已有那么几分冒天下之大不韪。倘书名还是《娜娜》这么容易使人产生猜想的外国小说,很可能会引起"革命"目光的关注。我认识的几名知青曾在探家所乘的列车上传看过《黑面包干》这么一部苏联小说,受到周围"革命"乘客的批评而不以为然,结果"革命"乘客们找来了列车长和乘警。列车长和乘警以"有义务爱护青年们的思想"为由收缴了《黑面包干》。那几位知青据理力争,振振有词,说《黑面包干》怀着敬爱之情在小说中写到列宁,是一部好小说。对方说,有些书表面看起来是好的,却在字里行间贩卖修正主义的观点。于是强行收缴了去,使那几名知青一路被周围乘客以看待问题青年的眼光备受关注,言行自然不得……

他们的教训告诉我,还是在列车上不看《娜娜》的好。

而这就使我失去了一次在当年领略左拉小说的机会。因为,我回到一团团部,将手提包放在宣传股的桌上,去上厕所的当儿,书已被瓜分一空,急赤白脸地要都没人还回一本。《娜娜》自然也不翼而飞。

在复旦大学中文系的内部阅览室,我借阅过左拉的《小酒店》。序言评价那部小说"无情地揭露了资本主义社会制度"。它写的是一名工人和他的妻子从精神到肉体堕落及毁灭的过程。我觉得左拉式的现实主义"真实"得使人周身发冷,使人绝望——对社会制度作用下的底层人群的集体命运感到绝望。在《小酒店》中,底层人物的形象粗俗、卑贱,几乎完全丧失人的自尊意识，并且似乎从来也没感到过对它的需要。他们和她们生存在潮湿、肮脏，到处充满着污秽气味和犯罪企图的环境里，就像狄更斯《雾都孤儿》里那些被上帝抛弃了的、破衣烂衫的、早晨一睁开双眼便开始寻思到哪儿去偷点儿什么东西的孩子。我们在读《雾都孤儿》时，内心里会情不自禁地涌起一阵阵同情。但是在《小酒店》里，我们的同情被左拉那支笔戳得千疮百孔。因为儿童还拥有将来，留给我们为他们命运的改变作祈祷和想象的前提。而《小酒店》里的成年男女已没有将来。他们的将来被社会也被他们自己扔在劣质酒缸里泡尽了生命的血色……

我是自少年起读另一类现实主义小说长大的，它们被冠以"革命现实主义"。在"革命现实主义"小说里，底层人物的命运虽然穷困无助甚或凄惨，但至少还有一种有希望的东西——那就是赖以自尊和改变命运的品质资本。还有他们和她们那一种往往被描写得美好而又始终不渝，令人羡慕的经得起破坏的爱情。这两种"革命现实主义"小说几乎必不可少的因素，在左拉的批判现实主义小说里是少见的。与许多批判现实主义小说尤其不同的是，左拉的批判现实主义小说的笔触极冷，使人联想到"零度感情"状态之下那一种写作。

我后来对于法国历史有了一点儿了解，开始承认左拉自称"自然主义"的那一种现实主义，可能更真实地逼近着他所处的法国的时代现实的某一面。

而我曾扪心自问，我对左拉式的现实主义保持阅读距离，当然不是左拉的错，而是由于我自己即使作为读者，也一直缺少阅读另类现实主义小说的心理准备。进一步说，我这样的一个自诩坚持现实主义的中国作家，也许是不太有勇气目光逼近地面对太真实的现实的。

毕竟，我在我的阅读范围伴随之下的成长，决定了我是一个温和的现实主义作家——与左拉的写作相比较而言。

在对现实主义的理念方面，我更倾向于巴尔扎克。

巴尔扎克对现实的批判态度体现得更睿智一些，因而他将他的系列小说统称为《人间喜剧》。左拉对现实的批判态度却体现得更"狠"一些……我在大学里也读了左拉的《娜娜》。那部小说讲述富有且地位显赫的男人们，怎么样用金钱深埋一个风尘女子于声色犬马的享乐的泥沼里；而她怎么样游刃有余地利用她的美貌玩弄他们于股掌之上。结局是她患了一种无药可医的病，像一堆腐肉一样烂死在床上。

娜娜式的人生，确切地说是女人的人生，在中国的现今举不胜举。其大多数活得比娜娜幸运。倘我们不对幸福二字做太过理想主义的理解，那么也可以认为她们的人生不但是幸福的，而且是时兴的。她们中绝少有人患娜娜那一种病，也绝少有人的命运落到娜娜那种可怕的下场。她们生病了，一般总是会在宠养她们的男人们的安排之下，享受比高干还周到的医疗待遇。左拉将他笔下的娜娜的命运下场设计得那么丑秽，证明了左拉的现实主义的确是相当"狠"的一种，比死亡还"狠"。

先我读过《娜娜》的同学悄悄而又神秘地告诉我："那绝对是值得一读的小说，我刚还，你快去借……"

我借到手了。两天内就读完了。

读过哈代的《德伯家的苔丝》，小仲马的《茶花女》，再读左拉的《娜娜》，只怕是没法儿不失望的。

我想，我的同学说它"绝对是值得一读的"，也许另有含意。《卢贡家族的命运》和《萌芽》才是左拉的代表作。可惜以后我就远离左拉的小说了，至今没读过。

既没读过左拉的代表作，当然对左拉小说的看法也就肯定是不客观的。比如在以上两部小说中，文学研究资料告诉我，左拉对底层人物形象，确切地说是对法国工人的描写，就由"零度感情"而变得极其真诚热烈了。

好在我写到左拉其实非是要对左拉进行评论，而主要是分析我自己对现实主义的矛盾心理和暧昧理念。

我利用过我与之一向保持距离的左拉的名义一次。那就是在连我自己现在也感到羞耻的小说《恐惧》的写作过程中以及出版以后。

我决定写《恐惧》的初衷是由外部生活现实的"刺激"而产生的。某日接近中午，我从童影厂回家，腋下夹些报刊。五月的阳光暖洋洋的。顺着厂门前人行道刚一拐弯，但见五六十米远处，亦即"清水大澡堂"门前有着形迹怪异的三个人——一人伏在地上，双手扳着人行道沿；另外两人各自拽他左右腿……

"清水大澡堂"的前身是"土城饭店"。我们童影的宿舍楼邻它仅十米左右。后来"土城饭店"经过一番门面翻修，变成了"金色朝代"——有卡拉OK包间的那一种地方。于是每至夜里十点，小车泊来；拂晓，幽然而去。一天深夜，几乎全楼居民都被枪声惊醒；又一天傍晚，散步的人们都见从"金色朝代"内冲出手持双筒猎枪的魁汉，追赶两名校官，将其中一名用枪托击倒跪于地，而且朝其头上空放了一枪……

那一件事发生后，它停业了一个时期，其后变成了"清水大澡堂"……

当我走到距那三人十米远处，才看到地上有血迹。起初我以为只不过是三个喝醉了的男人在胡闹罢了。不由得站住，一时难以判断究竟是怎么回事。

而那个伏在地上的人，就朝我扭头求救："兄弟，救我一命，兄弟，救我一命……"

其声奄奄，目光绝望。

我却呆愣着，不知该怎么救他。那时拽他腿的一个人，就放了他的腿，用皮鞋踩他扳住人行道沿的双手。

他手一松，自然就被拖着双腿拖向"清水大澡堂"了……

于是他用不堪入耳的话骂我这见死不救的北京人,并惊恐地喃喃自语着:"我完了,我死定了……"

他被拖上台阶时,下巴被几级台阶磕出了血。

这时我才从呆愣状况中反应过来。第一个想法是我得跟进去——企图杀人者不至于当着别人的面杀人吧?

我紧走几步,踏上台阶,进了门——顿时一股血腥扑鼻,满地鲜血,墙上溅的也是血。一个人仰面倒在地上,看去似乎已死;一个人靠墙歪坐,颈上有很长很深的伤口,随着喘气一股一股往外涌血……

我又惊呆,生平第一次目睹此现场,心咚咚跳,壮着胆子喝道:"不许杀人!杀人要偿命!……"

两个穿黑皮夹克的人中的一个,瞪着我,将一只手探到了怀里……

而那个被拖进来的人却说:"他俩都有枪……"

我不知他为什么说这句话,但结果是我退出了门。我想我得报警,但那就只能回厂。我跑回厂里,让一名警卫战士报警。让两名警卫战士跟我去制止杀人。他们不很情愿地跟我匆匆走着。忽然我心冷静——那个断了两条腿的外地男人,就肯定是好人吗?两名警卫战士还太年轻,且是农村孩子,万一他们遭到什么不测,我这个人将如何向他们的父母交代?于是我又命他们回厂去。他们反倒为我的安危担心起来,偏跟着我了。最后我还是生气地将他们赶了回去……

当我再来到"清水大澡堂"台阶前,那两个穿黑皮夹克的男人恰从门内出来,自我面前踏下台阶,扬长而去。我想到那个双腿断了的外地男人,推开门看时,见他居然没被弄死。他说:"幸亏你刚才跟进来了,他们慌了,只顾到二楼去拿钱,才留下我一命……我们是被绑架的,他们是被雇的杀手。"

我也不知他说的"我们",是否即指那一死一伤二人。此时门外才出现人。真正报上了案的是我们童影厂的老厂长于蓝同志……

那一天以后,我觉得,某些原本离我很远的事,其实渐渐地离我很近了。"恐惧"二字,总是在头脑中盘桓,挥之而不能去。与另外一些积淀心间的人事相融合,遂产生了写一部小说的冲动。

起初我想将"清水大澡堂"当成中国90年代的《小酒店》来写。其中形形色色的人物当然非是底层人们。底层的人们不去那样的地方"洗澡"。

在写前,我想到了左拉那句名言:"无情地揭示社会丑恶的溃疡。"左拉那句话当时确乎唤起了我的一种作家责任感。我发誓我也要"揭示"得"狠"一点儿。

但进入写作状态不久,我的勇气便自行地渐渐减少了。那时我受到一些恐吓威胁。其文学意味和话语中的杀机,完全是黑社会那一套。我想我的写作不能再图痛快而给我自己和家庭带来不安全的阴影了。结果《恐惧》就改变了初衷，放弃了实践一次左拉那种现实主义的打算。

一种打算放弃了，另一种打算却渗入了头脑。那就是对印数的追求。进一步明确地说，是对稿费收获的追求。当时我因自己的种种个人义务和责任，迫切地需要一笔为数不少的钱。第二种打算一旦渗入头脑，写作的冲动和过程就变质了。所谓"媚俗"就成为不可避免之事。我在左拉式的批判现实主义与媚俗以迎合市场的打算之间挣扎，却几乎不可救药地越来越滑向后一方面。

那一时期我不失时机地谈左拉"无情地揭示社会丑恶的溃疡"的主张，实则是在替自己写作目的之卑下进行预先的辩护。

《恐惧》出版以后，我常被当众诘问写作动机。于是我只有侃侃地大谈我并不太喜欢的左拉和他的小说。我祭起左拉的文学主张当作自己的盾。虽振振有词，但自己最清楚自己内心里是多么的虚弱。

有一次我又进行很令我头疼的签名售书。有两名中学女生买了《恐惧》。我扣下了她们买的书，让售书员找来了我的另两本书代替之。那一件事后，《恐惧》真的成了我"心口的疼"。尽管它给我带来了比我任何一部书都多的稿酬。我一直暗自发誓要重写它，但一直苦于没有精力。不过这一件事我肯定是要做的。我利用左拉分明是很卑劣的行为。我以后的写作实践中再也不会出现那样的"失足"了。由此我常想另一个问题——那就是一部好书的标准究竟是什么。对于这样的问题肯定有各种各样的回答。而且,肯定有争议。但我更希望自己写的书,初中的男孩子女孩子也都是可以看的。家长们不会因看我的书而斥责:"怎么看这样的书!"——我自己也不会因此有所不安。

我认为《红与黑》《红字》《简·爱》《复活》《安娜·卡列尼娜》《茶花女》《德伯家的苔丝》《巴黎圣母院》《红楼梦》《聊斋志异》等都是初中的男孩子女孩子皆可看的书。只要不影响学业,家长们若加以斥责,老师们若反对,那便是家长和老师们的褊狭了。

至于另外一些书,虽然一向也有极高的定评,比如《金瓶梅》或类似的书,我想,我还是不必去实践着写吧。

写了二十余年我渐渐悟到了这么一点——文学的某些古典主义的原理,在现代还远远没被证明已完全过时。也许正是那些原理,维系着人与文学类的书的古老亲情,使人读文学类的书的时光,成为美好的时光;也使人对文学类的书的接受心理,能处在一种优雅的状态。

我想我要从古典主义的原理中,再多发现和取来一些对我有益的东西,而根本不考虑自己会否迅速落伍……

最后我想说,我特别特别钦佩左拉在"德雷福斯"案件中的勇敢立场。他为他的立场付出了全部积蓄，再度一贫如洗。同时牺牲了健康、名誉。还被判了刑，失去了朋友，成了整个法兰西的"敌人"，并且被逐出国。

然而，他竟然没有屈服。

十二年以后他的立场才被证明是正确的。

我认为那件事是左拉人生的"绝唱"。

是的，我特别特别钦佩他此点。

因为，即使在血气方刚的青年时我都没勇气像左拉那样；现在，则更没勇气了……

劳伦斯这位英国作家是从 80 年代中期才渐入我头脑的。

那当然是由于他的《查泰莱夫人的情人》中译本的出版。

"文革"前那一部书不可能有中译本。这是无须赘言的——但新中国成立前有。

1974 至 1977 年间，我在复旦大学中文系的"内部图书阅览室"也没发现过那一部书和劳氏的别的书。因而，《查泰莱夫人的情人》中译本出版前，我惭愧地承认，对我这个自认为已读过了不少外国小说的"共和国的同龄人"，劳伦斯是一个完全陌生的名字。

读过《查泰莱夫人的情人》的中译本以后，我看到了同名的电影的录像。并且，自己拥有了一盘翻录的。书在当年出版不久便遭禁，虽已是"改革开放"年代，虽我属电影从业人员，但看那样一盘录像，似乎也还是有点儿犯忌。知道我有那样一盘录像的人，曾三四五人神秘兮兮地要求到我家去"艺术观摩"。而我几乎每次都将他们反锁在家里。

当年好多家出版社出版了那一部小说。

不同的出版说明和不同的序，皆将那一小说推崇为"杰作"。皆称劳氏为"天才"的或"鼎鼎大名"的小说家。同时将"大胆的""赤裸裸的""惊世骇俗"的性爱描写"提示"给读者。当然，也必谈到英国政府禁了它将近四十年。

我读那一部小说没有被性描写的内容"震撼"。

因为我那时已读过《金瓶梅》，还在北影文学部的资料室读到过几册明清年代的艳情小说。《金瓶梅》的"赤裸裸"性爱描写自不必说。明清年代那些所谓艳情小说中的性爱描写，比《金瓶梅》有过之而无不及。在中国各朝各代非"主流"文学中，那类小说俯拾皆是。当然，除了"大胆的""赤裸裸的"性爱描写这一共同点，那些东西是不能与《查泰莱夫人的情人》相提并论的。

有比较才有鉴别。

读后比较的结果是——使劳氏大名鼎鼎的他的那一部小说，在性爱描写方面，反而显得挺含蓄，挺文雅，甚而显得有几分羞涩似的。总之我认为，劳氏毕竟还是在以相当文学化的态度在他那部小说中描写性爱的。我进一步认为，毫不含蓄地描写性爱的小说，在很久以前的中国，倒可能是世界上最多的。那些东西几乎无任何文学性可言。

我非卫道士。

但是我一向认为,一部小说或别的什么书,主要以"大胆的""赤裸裸的"性爱描写而闻名,其价值总是打了折扣的。不管由此点引起多么大的沸扬和风波,终究不太能直接证明其文学的意义。

故我难免会按照我这一代人读小说的很传统的习惯,咀嚼《查泰莱夫人的情人》的思想内容。

我认为它是一部具有无可争议的思想内容的小说。

那思想内容一言以蔽之就是——对英国贵族人氏表示了令他们难以沉默的轻蔑。因为劳氏描写了他们的性无能,以及企图遮掩自己性无能真相的虚伪。当然地,也就弘扬了享受性爱的正当权利。

我想,这才是它在英国遭禁的根本缘由。

因为贵族精神是英国之国家精神的一方面,贵族形象是英国民族形象历来引以为豪的一方面。

在此点上,劳氏的那一部书,似又可列为投枪与匕首式的批判小说。

但英国是小说王国之一。

英国的大师级小说家几个世纪以来层出不穷,一位位彪炳文史,名著之多也是举世公认的。与他们的作品相比,劳氏的小说实在没什么独特的艺术造诣。就论对贵族人士及阶层生活形态的批判吧，劳氏的小说也不比那些大师们的作品更深刻更有力度。

但令劳氏大名远播的，分明非是他的小说所达到的艺术高度，而是他的《查泰莱夫人的情人》当时及以后所造成的新闻。

我想，也许我错了，于是借来了他的《儿子与情人》认真地看了一遍。

我没从他的后一部小说看出优秀来。

由劳氏我想到了两点：第一点，我们每一个人作为读者，是多么容易受到宣传和炒作的影响啊。正如触目皆是的广告对我们每一个人的消费意识必然发生影响一样。这其实不应感到害羞，也谈不上是什么弱点。但如果不能从人云亦云中摆脱出来，那则有点儿可悲了。第二点，我敢断言，中外一切主要因对性的描写程度"不当"而遭禁的书，那禁令都必然是一时的，有朝一日的解禁都是注定了的。虽禁之未必是作者的什么耻辱，但解禁也同样未必便是一部书的荣耀。

人类文明到今天，对性事的禁忌观念已解放得够彻底，评判一部小说的价值，当高出于论性的是是非非。倘在性以外的内容所留的评判空间庸常，那么"大胆"也不过便是"大胆"，"赤裸裸"也不过便是"赤裸裸"……

我这一种极端个人化的读后杂感，仅作一厢情愿的自言自语式的记录而已,不想与谁争辩的。

随提一笔,根据《查泰莱夫人的情人》改编的电影,抹淡了原著对英国贵族人士的轻蔑,裸爱镜头不少,但拍得并不猥秽。尽管算不上一部多么好的电影,却还是可归于文艺片之列的。

我也基本上同意这样的评论:就劳伦斯本人而言,他对性爱描写的态度,显然是诚实的、激情的和健康的。

我不太喜欢他和他的小说,纯粹由于艺术性方面的阅读感觉。

现在,我要回过头来再谈我自己写作实践中的得失。

首先我要提的是《一个红卫兵的自白》。这一本书,对于在"文革"中刚刚出生和"文革"以后出生的很年轻的一代,比较感性地认识"文革",有一点点解惑的意义。写时的动机正在于此。但也就是一点点的解惑意义而已。因我所经历的"文革",其具体背景,只不过是一座城市一个省份。而且,只不过是以一名普通中学生的见闻、思想和行为来经历的,自身认识的局限是显然的。虽则"大串联"使我能够写入书中的内容丰富了些,却仍只不过是见闻和一己感受而已。

我更想说的是,也许,此书曾给中国的"新时期"文学,亦即粉碎"四人帮"以后的文学,带了一个很坏的头。它是当年第一部写"文革"中的红卫兵心路的长篇小说。按我的初衷,自然是作为小说来写的。本身曾是红卫兵,自然以第一人称来写。既以第一人称来写,也索性便将自己的真实姓名写入书中了。

刊物的编辑收到稿件后来电话说：这部小说很怪呀，你看专辟一个栏目，将它定为"纪实小说"行不行？我说：行呀。有什么不行呢？那大约是1985年。我被社会承认是作家才三年多。对于小说以外的文学名堂还所知甚少，也是第一次听到"纪实小说"这一提法。它当年只发表了一半，另一半刊物不敢发表了。似乎正是从此以后，"纪实小说"很流行了一阵子。接二连三，在文学界招惹了不少是是非非，连我自己也曾受此文学谬种的严重伤害。

因为"纪实"而又"小说"的结果是明摆着的——利用小说形式影射攻击的事例，古今中外，举不胜举。此本伤人阴伎，倘再冠以"纪实"，被攻击的人哪有不"体无完肤"的呢？若被文痞们驾轻就熟地惯以用之，喷泄私愤，好人遭殃。

故我对"纪实小说"这一文学种类已无好感。《从复旦到北影》及《京华见闻录》两篇，继《一个红卫兵的自白》之后不久发表。

在复旦我既获得过老师们的关怀爱护，也受到过一些委屈。那些委屈今天看来是微不足道的，与上一代人的人生磨砺相比更是不值言说。但我当年才二十五六岁，心理承受能力毕竟脆弱。自以为承受能力强大，其实是脆弱的。何况，从童年至少年至青年，虽然成长于贫穷之境，却一向不乏友爱，难免娇气。又一向被视为好儿童好少年好青年，当知青班长、代理排长、连队教师，人格方面特别的自尊。偏那委屈又是冲着人格方面压迫来的，于是耿耿心头，不吐不快。

故《从复旦到北影》中，有积怨之气，牢骚之词，也有借题发挥、情节演绎的成分。

它写于十五六年前，证明当年的我，对自己笔下的文字责任感意识不强，要求不高。

倘如今年，心头委屈积怨全释，平和宽厚回望当年人事纷纭，情理梳析，摒弃演绎，娓娓道来，于山雨穴风的政治背景下，翔实客观地反映"工农兵学员"的大学体会和感受，必将是另一面貌，也会有更大的认识价值。

那多好呢！

《京华见闻录》中所录的纪实成分多了，演绎成分少了。就我这样一个具体的中国人的观念而言，就我这样一个当年被视为有"异端思想"的作家而言，却又"正统"多了些，思想拘泥呆板了些。文字的放纵，是弥补不了这一点的。

当年我才三十四五岁。刚入全国作家协会一年多。自以为责人颇宽，克己颇严，其实今天文坛上某些年轻人的轻狂浅薄，刚愎自信，躁行戾气，我身上都是存在过的。

以上两篇，虽能从中看到我的一些真实经历，真实性情，真实心路，真实思想；虽能从中看到一些当年的时代特色，社会状态，人生杂相；虽读起来或挺有意思——但毕竟，因先天不足，乏大器而呈小器，乏冷静而显浮躁，乏庄重而露轻佻，乏深刻而泛浅薄……

《泯灭》这一部小说，现在看来，前半部较后半部要写得好一点儿。因为前半部有着自己童年和少年时期的生活为底蕴，可取从容平实、娓娓道来的写法。虽然平实，但情节、细节都是很个人化的，便有独特性，非别人的作品里所司空见惯的。后半部转入了虚构。虚构当然乃是小说家必备的能力，也是起码的能力。但此小说的后半部，实际上是按一个先行的既定的"主题"轨道虚构下去的——对金钱的贪婪使人性扭曲，使人生虽有沉浮荣辱，最终却依然归于毁败。这样的人物，以及由其身上生发出来的这样的主题，当然并没什么不对。

翟子卿式的人物在80年代以后的中国现实生活中也并不少，有些典型意义。但此"主题"太古老陈旧了。近几个世纪以来，尤其西方资本主义时期以来，无数作品都反映过这个"主题"。可以说，80年代以来的每一桩中国经济案中，也都通过真人真事包含了这个主题。而在现实主义小说中，主题对作品有魂的意义。泛化的主题尽管不失为主题，却必然决定了作品的魂方面的简浅常见。

在我的友情关系和亲情关系中，很有一些和我一样的底层人家的儿子，中年命达，或为官掌权，或从商暴富。但近十年间，却接二连三地纷纷变成阶下囚，往日的踌躇满志化作南柯一梦。

他们所犯之案，或省级大要案，或列入全国大要案。这使我特别痛心，也每叹息不已。由于友情和亲情毕竟存在过，法理立场上就难以做到特别的鲜明。这一种沉郁暧昧的心理，需要以一种方式去消解。而写一部小说消解之对我来说是自然而然的方式。直奔一个简浅常见的主题而去，又成了最快捷的方式——我在写作中竟未能从此心理因素的纠缠中明智而自觉地摆脱，全受心理因素的惯力所推，小说便未能在"主题"方面再深掘一层，此一憾也……

喜读引我走上了写作的不归人生路。然阅读之于我，在绝大多数情况之下并不是为了促进写。读只不过是少年时养成的习惯。是美好时光的享受而已。我的读又是那么的不系统。索性地，也便不求系统了。我从读中确乎受益匪浅。书对我的影响，少年时大于青年时，青年时大于现在。现在我对社会及人生已形成了自己的看法，非是读几本什么书所能匡正或改变的。尽管如此，以后我不写了，仍会是一个习惯了闲读的人。

读带给我的一种清醒乃是——明白自己往往写得多么平庸……

时间即"上帝"

少年时读过高尔基的一篇散文——《时间》。高尔基在文中表现出了对时间的无比敬畏。不，不仅是敬畏，甚至可以说是一种极其恐惧的心理。是的，是那样，因为高尔基确乎在他的散文中用了"恐惧"一词。他写道——夜不能眠，在一片寂静中听钟表之声嘀嗒，顿觉毛骨悚然，陷于恐惧……

少年的我读这一篇散文时是何等的困惑不解啊！怎么，写过激情澎湃的《海燕》的高尔基，竟会写出《时间》那般沮丧的东西呢？步入中年后，我也经常对时间心生无比的敬畏。我对生死问题比较能想得开，所以对时间并无恐惧。我对时间另有一些思考。有神论者认为一位万能的神化的"上帝"是存在的。无神论者认为每一个人都可以成为自己的"上帝"，起码可以成为主宰自己精神境界的"上帝"。我的理念倾向于无神论。但，某种万能的，你想象其寻常便很寻常，你想象其神秘便很神秘的伟力是否存在呢？如果存在是什么呢？我认为它就是时间。我认为时间即"上帝"。它的伟力不因任何人的意志而转移。"愚公移山""精卫填海"，其意志可谓永恒，但用一百年挖掉了两座大山又如何？用一千年填平了一片大海又如何？因为时间完全可以再用一百年堆出两座更高的山来；完全可以再用一千年"造"出一片更广阔的海域来。甚至，可以在短短的几天内便依赖地壳的改变完成它的"杰作"。那时，后人早已忘了移山的愚公曾在时间的流程中存在过；也早已忘了精卫曾在时间的流程中存在过。而时间依然年轻。

只有一样事物是不会古老的，那就是时间。

只有一样事物是有计算单位但无限的，那就是时间。

"经受时间的考验"这一句话，细细想来，是人的一厢情愿——因为事实上，宇宙间没有任何事物能真正经受得住时间的考验。一千年以后金字塔和长城也许成为传说，珠峰会怎样也很难预见了。

归根结底我要阐明的意思是——因为有了人，时间才有了计算的单位；因为有了人，时间才涂上了人性的色彩；因为有了人，时间才变得宝贵；因为有了人，时间才有了它自己的简史；因为有了人，时间才有了一切的意义……

而在时间相对于人的一切意义中，我认为，首要的意义乃是因为有了时间，人才思考活着的意义；因为在地球上的一切生命形式中，独有人进行这样的思考，人类才有创造的成就。

人类是最理解时间真谛的，也是最接近时间这一位"上帝"的。每个具体的人亦如此。连小孩子都会显出"时间来不及了"的忐忑不安或"时间多着呢"的从容自信。决定着人的心情的诸事，掰开了揉碎了分析，十之八九皆与时间发生密切关系。人类赋予冷冰冰的时间以人性的色彩；反过来，具有了人性色彩的时间，最终是以人性的标准"考验"着人类的状态——那么：谁能说和平不是人性的概念？谁能说民主不是人性的概念？谁能说平等和博爱不是时间要求于人类的？

人啊，敬畏时间吧，因为，它比一位神化的"上帝"对我们更宽容；也比一位神化的"上帝"对我们更严厉。

人敬畏它的好处是——无论自己手握多么至高无上的权杖，都不会幼稚地幻想自己是众生的"上帝"。因为，也许恰在人这么得意着的某个日子，时间离开了他的生命……

情怀的分量

我一向觉得——对于文学,情怀是有特殊分量的。好的文学作品,几乎无一例外地流淌着真挚的情怀,如血液流淌在人的身体里。一首诗、一篇散文是这样,一部小说尤其是这样。

今年春节期间,我在外地,随身带了泽俊先生的书稿《工人》。

我清楚地记得,读罢《工人》是初三,上午十点左右。至今,读罢一部好作品仍会使我激动不已。当时的我便是那样。身边也没一个可以交流感想的人,忍了几忍没忍住,于是拨通了泽俊的手机,告诉他我已经读罢了《工人》。千里之外的他期待地问:"达到小说的及格水平了吗?"泽俊他一向是谦虚的。我说:"好。很好。非常好。"除了那短短的几句话,我竟不知再从何说起。好的小说往往会使刚读过它的人失语,能具体地说出好来是失语过后的事。泽俊又问:"怎样进一步修改?"我说:"作品当然是越改越好，不过，现在这样已经很好，不论出版还是发表，应都不成问题，而且必定会引起关注……"除了笼统之印象，还是谈不出具体感受——那真是一言难尽的。泽俊是盲文出版社汉文字出版分社的副总编。他负责出版过我的两部集子，由此我们认识了，遂成朋友。他厚道，为人诚恳，并且，对世事具有深刻的洞察力。写作是他最主要的业余爱好。很可能，还是唯一的。

他多次对我说，打算写一部工人题材的长篇小说——说到"工人"两个字，他总是流露出极深厚的感情。工人阶级对中国的伟大贡献令他肃然起敬；他们"下岗"时期的种种困厄处境令他感同身受；他们至今分享改革成果之少每使他焦虑万分。

而我，也是的。我和他一样是工人的儿子。我的两个弟弟一个妹妹当年几乎同时下岗。

"工人"二字对于泽俊犹如《圣经》，乃是他的情怀脐带。

谈到最后他又总是会信誓旦旦地这么说："我要为中国工人立传。"

我当然鼓励他。但老实说，对于他究竟能写出一部怎样的工人题材的小说，心中是不免存疑的，拭目以待而已。盖因一部中国当代文学史，从1949年到90年代，差不多可以说成是一部中国农村小说史。90年代后，小说在题材方面骤然丰富，如礼花绽放。工人题材的小说，却仍少之又少，优秀的更少。中国之大多数作家，长短都有过农村生活的经历。纵使完全没有，海量的农村题材的文学作品,加上电影电视剧,也会使作家们易于间接吸收营养。

农村于是成为中国文学的家园和苗圃。

中国当代作家普遍缺乏对工人群体尤其是从前年代的工人群体的认知。直接的和间接的认知都缺乏。连我这个工人的儿子也是——蒋子龙是极少数了解工人的作家。从这个意义上讲,他是作家中的宝。

现在,终于又出现了一位于泽俊。

泽俊笔下的三线工人群体,与子龙所了解的工人迥然不同。子龙笔下的工人是生活在城市里,工作在车间里的;泽俊笔下的工人,却是经历了背井离乡的,携家带口落户于广阔的风沙漫漫的西北天地间的,如同庞大的负有神圣迁徙使命的特殊部族,如同转战一方的千军万马的大兵团……

我认为,于泽俊成功地完成了他的夙愿。

我认为,他写出了一部工人题材的《白鹿原》。

春节一过,我迫不及待地与文化艺术出版社的董耘编辑联系。董耘是资深编辑,也是我的好朋友。好作品当然要首先推荐给当编者的好朋友。

董耘以最短的时间读罢了《工人》。

我在电话中问她印象如何。

她说:"好。很好。很久没有审读过一部优秀的长篇小说了,

《工人》是优秀之作。"她的感觉和我一样，使我对一己感觉多了一份自信。

　　对于《工人》这样一部小说，我可评论的方面很多。但我决定不必都写入序中。我真诚地向广大读者和文学评论家们推荐《工人》。我一点儿也不怀疑广大读者必会像我一样喜欢这部小说，为作者流淌在字里行间的真挚情怀所感动。我深信《工人》必获评论家们的好评。我甚至认为，下一届茅盾文学奖评选时，《工人》必具有不容忽视的角逐力。终于出现了这么一部工人题材的好小说，如果我是评委，将毫不犹豫地投它一票！

　　最后我只评价一句——《工人》具有史诗性；我还因它哭过了……

《工人　一部可歌可泣的中国工人史》

于泽俊　著

文化艺术出版社

2011 年 7 月

何妨减之

某日，几位青年朋友在我家里，话题数变之后，热烈地讨论起了人生。依他们想来，所谓积极的人生肯定应该是这样的——使人生成为不断地"增容"的过程，才算是与时俱进的，不至于虚度的。我听了就笑。他们问："您笑是什么意思呢？不同意我们的看法吗？"我说："请把你们那不断地'增容'式的人生，更明白地解释给我听。"

便有一人掏出手机放在桌上，指着说："好比人生是这手机，当然功能越多越高级。功能少，无疑是过时货，必遭淘汰。手机必须不断更新换式，人生亦当如此。"

我说："人是有主观能动性的，而手机没有。一部手机，其功能多也罢，少也罢，都是由别人设定了的，自己完全做不了自己的主。所以你举的例子并不十分恰当啊！"

他反驳道:"一切例子都是有缺陷的嘛!"另一人插话道:"那就好比人生是电脑。你买一台电脑,是要买容量大的呢,还是容量小的呢?"我说:"你的例子和第一个例子一样不十分恰当。"他们便七言八语"攻击"我狡辩。我说:"我还没有谈出我对人生的看法啊,'狡辩'罪名无法成立。"于是皆敦促我快快宣布自己对人生的看法。我说:"你们都知道的,我不用手机,也不上网。但若哪一天想用手机了,也想上网了,那么我可能会买小灵通和最低档的电脑。因为只要能通话,可以打出字来,其功能对我就足够了。所以我认为,减法的人生,未必不是一种积极的人生。而我所谓之减法的人生,乃是不断地从自己的头脑之中删除掉某些人生'节目',甚至连残余的信息都不留存,而使自己的人生'节目单'变得简而又简。总而言之一句话,使自己的人生来一次删繁就简……"

我的话还没说完,他们皆大摇其头曰:"反对,反对!"

"如此简化,人生还有什么意思?"

"面对丰富多彩、机遇频频的人生,力求简单的人生态度,纯粹是你们中老年人无奈的活法!"

我说:"我年轻时,所持的也是减法的人生态度。何况,你们现在虽然正年轻着,但几乎一眨眼也就会成为中老年人的。某些人之所以抱怨人生之疲惫,正是因为自己头脑里关于人生的'容量'太大太混杂了,结果连最适合自己的那一种人生的方式也迷失了。而所谓积极的清醒的人生，无非就是要找到那一种最适合自己的人生方式。一经找到，确定不移，心无旁骛。而心无旁骛，则首先要从眼里删除掉某些吸引眼球的人生风景……"

他们皆黯然，显然未领会我的话。

我只得又说："不举例了。世界上还没有人能想出一个绝妙的例子将人生比喻得百分之百恰当。我现身说法吧。我从复旦大学毕业时，二十七岁，正是你们现在这个年龄。我自己带着档案到文化部去报到时，接待我的人明明白白地告诉我，我可以选择留在部里的。但我选择了电影制片厂。别人当时说我傻，认为一名大学毕业生留在部级单位里，将来的人生才更有出息，可以科长、处长、局长地一路在仕途上'进步'着！但我清楚我的心性太不适合所谓的机关工作，所以我断然地从我的头脑中删除了仕途人生的一切'信息'。仕途人生对于大多数世人而言当然意味着颇有出息的一种人生。但再怎么有出息，那也只不过是别人的看法。我们每一个人的头脑里，在人生的某阶段，难免会被塞入林林总总的别人对人生的看法。这一点确实有点儿像电脑，若是新一代产品，容量很大，又与宽带连接着，不进入某些信息是不可能的。然而判断哪些信息才是自己所需要的信息，这一点却是可能的。又比如我在四十岁左右时，结识过一位干部子弟。他可不是一般的干部子弟，只要我愿意，他足以改变我的人生。他又不止一次地对我说，趁早别写作了，我看你整天伏案写作太辛苦了!当官吧!先从局级当起怎么样?正局!我替你选择一个轻松的没什么压力的职位,你认真考虑考虑。我说,多谢抬爱,我也无须考虑。仕途人生根本不适合我这个人,所以你千万别替我费心。费心也是白费心。"

何以我回答得那么干脆?因为我早就考虑过了呀,早就将仕途人生从我的人生"节目单"上删除掉了呀!以后他再劝我时,我的头脑干脆"死机"了。

大约在我四十五岁那一年,陪谌容、李国文、叶楠等同行之忘年交回哈尔滨参加冰雪节开幕式。那一年有几十位台湾商界人士去了哈尔滨。在市里举行的欢迎宴会上,台湾商界人士对我们几位作家亲近有加,时时表达真诚敬意。过后,其中数人,先后找我与谌容大姐"个别谈话"——恳请我和谌容大姐做他们在中国大陆发展商业的全权代理人。"投资什么?投资多少?你们来对市场进行考察,你们来提议。一个亿,两个亿,或者更多!你们只管直说!别有顾虑,我们拿得起的。酬金方式也由你们来定。年薪?股份?年薪加股份?你们要什么车,就配什么车……"

话都说到这个份儿上了,不由人不动心,也不由人不感动。

我曾问过谌容大姐:"你怎么想的呢?"

谌容大姐说:"还能怎么想,咱们哪里是能干那等大事的人呢。"

她反问我怎么想的。

我说:"我得认真考虑考虑。"

她说:"你还年轻,尝试另一种人生为时未晚,不要受我的影响。"

我便又去问李国文老师的看法,他沉吟片刻,答道:"我也不能替你拿主意。但依我想来,所谓人生,那就是无怨无悔地去做相对而言自己比较能做好的事情。"

那一夜,我失眠。年薪,我所欲也;股份,我所欲也;宝马或奔驰轿车,我所欲也。然商业风云,我所不谙也;管理才干,我所不具也;公关能力,我之弱项也;盈亏之压力,我所不堪承受也;每事手续多多,我所必烦也。那一切的一切,怎么会是我"比较能做好的事情"呢?我比较能做好的事情,相对而言,除了文学,还是文学啊!

翌日,真情告白,实话实说。返京不久,谌容大姐打来电话,说:"晓声,台湾的那几位朋友,赶到北京动员来啦!"我说:"我也才送走几位啊。"她又说那一句话:"咱们哪是能干那等大事的人呢。"我说:"台湾的伯乐们走眼了,但咱们也惭愧了一把啊!"便都在电话里笑出了声。

有闻知此事的人,包括朋友,替我深感遗憾,说:"晓声,你也把自己的人生搞得太消极太窄狭了啊!人生大舞台,什么事,都无妨试试的啊!"

我想,其实有些事不试也可以知道自己的斤两。比如潘石屹，在房地产业无疑是佼佼者。在电影中演一个角色玩玩，亦人生一大趣事。但若改行做演员，恐怕是成不了气候的。做导演、作家，想必也很吃力。而我若哪一天心血来潮，逮着一个仿佛天上掉下来的机会就不撒手，也不看清那机会落在自己头上的偶然性、不掂量自己与那机会之间的相克因素，于是一头往房地产钻去的话，那结果八成是会令自己也令别人后悔的。

说到导演，也多次有投资人来动员我改行当导演的。他们认为观众一定会觉得新奇，于是有了炒作的点，影片会容易发行一些。

我想，导一般的小片子，我肯定是力能胜任的。六百万投资以下的电影，鼓鼓勇气也敢签约的（只敢签一两次而已）。倘言大片，那么开机不久，我也许就死在现场了。我曾说过，当导演第一要有好身体，这是一切前提的前提。爬格子虽然也是耗费心血之事，劳苦人生，但比起当导演，两种累法。前一种累法我早已适应，后一种累法对我而言，是要命的累法……

年轻的客人们听了我的现身说法，一个个陷入沉思。

我最后说："其实上苍赋予每一个人的人生能动力是极其有限的，故人生'节目单'的容量也肯定是有限的，无限地扩张它是很不理智的人生观。通常我们很难确定自己究竟能胜任多少种事情，在年轻时尤其如此。因为那时，人生的能动力还没被彻底调动起来，它还是一个未知数。但这并不意味着我们连自己不能胜任哪些事情也没个结论。在座的哪一位能打破一项世界体育纪录呢？我们都不能。哪一位能成为乔丹第二或姚明第二呢？也都不能。歌唱家呢？还不能。获诺贝尔和平奖呢？大约同样是不能的。而且是明摆着的无疑的结论。那么，将诸如此类的，虽特别令人向往但与我们的具体条件相距甚远的人生方式，统统从我们的头脑中删除掉吧！加法的人生，即那种仿佛自己能够愉快地胜任充当一切社会角色，干成世界上的一切事而缺少的仅仅是机遇的想法，纯粹是自欺欺人。"

一种人生的真相是——无论世界上的行业丰富到何种程度，机遇又多到何种程度，我们每一个人比较能做好的事情，永远也就那么几种而已。有时，仅仅一种而已。

所以即使年轻着，也须善于领悟减法人生的真谛：将那些干扰我们心思的事情，一而再，再而三地从我们人生的"节目单"上减去、减去、再减去。于是令我们人生的"节目单"的内容简明清晰；于是使我们比较能做好的事情凸显出来。所谓人生的价值，只不过是要认认真真、无怨无悔地去做最适合自己的事情而已。

花一生去领悟此点，代价太高了，领悟了也晚了。花半生去领悟，那也是领悟力迟钝的人。

现代的社会，足以使人在年轻时就明白自己适合做什么事。只要肯于首先向自己承认，哪些事是自己根本做不来的，也就等于告诉自己,这种人生自己连想都不要去想。如今"浮躁"二字已成流行语,但大多数人只不过流行地说着,并不怎么深思那浮躁的成因。依我看来,不少人之所以浮躁着并因浮躁而痛苦着,乃因不肯首先自己向自己承认——哪些事情是自己根本做不来的,所以也就无法使自己比较能做好的事情在自己人生的"节目单"上简明清晰地凸显出来,却还在一味地往"节目单"上增加种种注定与自己人生无缘的内容……

中国的面向大多数人的文化在此点上扮演着很不好的角色——不厌其烦地暗示着每一个人似乎都可以凭着锲而不舍做成功一切事情;却很少传达这样的一种人生思想——更多的时候锲而不舍是没有用的,莫不如从自己人生的"节目单"上减去某些心所向往的内容,这更能体现人生的理智,因为那些内容明摆着是不适合某些人的人生状况……

给自己的头脑几分尊重

读过《安娜·卡列尼娜》这一部名著的人,必记得开篇的两句话——"幸福的家庭是相似的,不幸的家庭各有各的不幸。"

这两句话,在中国也早已是名言了。最近我因授课要求,重新翻阅该书某些片段。掩卷沉思,开篇的两句话,仍是全书中令我联想多多的话。

曾有学生问我——为什么这两句话会成为名言?我的回答是,首先,《安娜·卡列尼娜》成了名著,这个前提很重要。学生又问,如果《三国演义》没有成为名著,"凡天下大事,分久必合,合久必分"就不称其为名言了吗?如果范仲淹的《岳阳楼记》没有成为名篇,"先天下之忧而忧,后天下之乐而乐"就不称其为名句了吗……

当然,还可以举出另外许多例子。名言名句不仅出现在小说、诗词、歌赋中，也出现在戏剧、电影、电视中，甚至出现在法庭诉讼双方的答辩中，出现在演讲中的例子更是举不胜举……

关于《安娜·卡列尼娜》这一部小说，托尔斯泰曾写下过三十几段开篇的文字，最后才选择了"幸福的家庭是相似的，不幸的家庭各有各的不幸"两句话。据说，倘用俄语来朗读这两句话，会有诗一般的语韵。这大概也是俄国人特别认同托尔斯泰的原因吧。

我的回答究竟使我的学生满意了没有？进而使自己满意了没有？不是这里非要交代清楚的。

我想强调的其实是这样一种思想——喜欢提问题的人一定是喜欢思考问题的人。人类倘不喜欢思考，我们至今还都是猴子。历史上有人骂项羽"沐猴而冠"，正是恨他遇事不动脑子好好想一想。

窃以为，错误的思想是相似的，正确的思想各有各的正确。当然，正确和错误是相对的，姑妄言之而已。

这里所说的"错误的思想"，确切地说，是指种种不良的甚至邪恶的思想。比如以为损人利己天经地义，以为仗势欺人天经地义，以为不择手段达到沽名钓誉之目的天经地义，于是心安理得，皆属不良的邪恶的思想。是的，在我看来，这样的一些思想是相似的。它们的共同点乃是——夜半三更，扪心自问，有时候还是怕遭天谴的。谢天谢地，迄今为止，这样的一些思想从来不是大众思想的主流。比如"无毒不丈夫"一句话，你不能不承认它也意味着一种思想。然而真的循此思想行事的人，其实是很少很少的。何况此话原本是"无度不丈夫"——果而如此，恰恰是提醒人要善于思考的话。

迄今为止，人类头脑中产生的大部分思想，指那类被我们大部分人所能接受的、认同的，以指导我们行为和行动的后果来判断，是对社会进步有益的——那样一些思想，它们不应只是少数人头脑中产生的思想，而应是我们大多数人，甚至每一个人头脑中都会产生的思想。

我们中国人依赖少数人的头脑为我们提供有益的思想——实在是依赖得太久太久了，而这几乎使我们自己的头脑的思考能力变得有点儿退化了。

这意味着我们对自己的头脑失去了尊重。现在这个现象似乎也在全球化。有个美国学者写了一本书，叫《娱乐至死》，说的是大家都不再思考，都进入了娱乐状态，从生下来就开始娱乐，一直玩到死。他认为，人类的思想和文化并非窒息于专制，而是死于娱乐。这实在是非常智慧的警世之论。窃以为，不智慧的人是相似的，智慧的人各有各的智慧。

我们需要将自己头脑中尊重思想的意识重新树立起来。

我们将会发现——正确的思想不但是人类思想的主流，不但各有各的正确，而且经常形成于我们自己的头脑之中。

给自己的头脑几分尊重——于是,我们不仅仅是思想的被动的接受者,也能是思想的主动的提供者了。

给自己的头脑几分尊重——于是,我们明白了这样一个道理:别人的头脑里产生的别种的思想,只要不是邪恶的,也是必须予以尊重的。

给自己的头脑几分尊重——于是,我们明白了这样一个道理:即使我们确信自己头脑里产生的思想是正确的、睿智的,即使别人也这样认为,那也只不过是关于思想,甚至是关于一件事情的许多种正确的、睿智的思想之一而已。

给自己的头脑几分尊重——非但不能使我们因而变得狂妄自大,恰恰相反,将使我们变得更加谦逊和更加温良。因为我们的头脑里会产生出对我们的修养有要求的思想。

给自己的头脑几分尊重——将使我们在对待人生、事业、名利、时尚、爱情、亲情、友情等方面,不再一味只听他人怎么阐释与宣讲,而也有自己的独立见解了。

我们难道不是都清楚这样一种关于世事的真相吗?——别人用别人的思想企图说服我们往往不是那么容易的,只有自己说服了自己,自己才是某种思想的信奉者。

这世界上没有不长叶子的根和茎。我们的头脑乃是我们作为人的"根",我们认识世界的愿望乃是我们作为人的"茎"。我们既有"根"亦有"茎",为什么不让它长出思想的叶子来呢?

给自己的头脑几分尊重——我们因而发现，不但人类社会，连整个世界都需要我们这样；我们因而感受到，不但人类社会，连整个世界都少了某些荒诞性，多了几分合理性。

给自己的头脑几分尊重——我们因而发现，娱乐使我们同而不和，思考使我们和而不同。

给自己的头脑几分尊重——我们将会发现，思考的过程、产生思想的过程，是一个非常快乐的过程。这种快乐是其他快乐无从取代的。

给自己的头脑几分尊重——我们将因而活得更像个人，更愉快，更自然……

人性薄处的记忆
——读《点点记忆》所感

我觉得,记忆仿佛棉花,人性却恰如丝棉。

归根结底,世间一切人的一切记忆,无论摄录于惊心动魄的大事件,抑或聚焦于千般百种的小情节,皆包含着人性质量伸缩张弛的活动片段。否则,它们不能成为记忆。大抵如此。基本如此。而区别在于,几乎仅仅在于,人性当时的状态,或体现为积极的介入,或体现为深刻的影响。甚至,体现为久难愈合的创伤。

记忆之对于人,究竟意味着些什么呢?

这个问题,随着人的年龄的增长,会越来越清楚,越来越明白。

每一个人,当他或她的生命临近终点,记忆便一定早已开始本能的质量处理。最后必然发觉，保留在心里的，只不过是一些人性的感受，或对人性的领悟。

而那，便是记忆所能提供给我们的最为精粹的东西了。

好比一大捆旧棉花，经弹棉弓反复一弹，棉尘纷飞，陋絮离落，越弹越少，由一大捆而一小团。若不加入新棉，往往不足以再派什么用场。而一旦加入人对人性的思考，就如同经过反复弹汰的棉中加入了丝棉，纤维粘连，于是记忆产生了新的一种价值，它的意义高出了原先许久许多。

以上，是我细读《点点记忆》想到的。

此前，我读过一些中国高干儿女们所写的，关于父母辈们的回忆文章。比如贺捷生大姐回忆贺龙元帅的文章，比如陶斯亮大姐回忆陶铸的文章，似乎还读过前国家主席刘少奇的女儿回忆其父的文章。我之所以不在陶铸和刘少奇的名字后加"同志"，乃因我根本没有妄称"同志"的资格。相对而言，《点点记忆》尤显得特殊。贯穿字里行间的思考，使之不同于一般的"纪实"，也不同于屡见的回忆，而更接近于长篇的"心得"——历时十年之久的狂乱年代中，一位女性以其对人性的细微坦诚的感受所总结的"心得"。那一种感受开始影响甚至开始袭击其人性时，她还是少女。我们可以想象，其后的整整十年中，她也许不曾笑过。"文革"也可以说是对她们和他们的一场空前的人性的袭击，袭击过后是长久的压迫……

但此种厄运不唯是"点点"们的,乃是许许多多中国人的共同的遭遇。首先是许许多多中国知识分子及文化人的,其次是许许多多被阶级成分划入"另册"的中国人的。政治风暴从新中国成立以后对他们和她们的袭击几乎不曾间断过,而"文革"是一次总的"扫荡"。没有过笑容的少年和没有过笑容的少女,在中国"文革"结束之前,大约要以百千万计……

尽管事实如此,我读《点点记忆》时,还是有多处受到了大的感动。

我写字桌的玻璃板下压着半页纸。那是台湾著名电影导演的复印手书。几行用碳素笔写的字,常入我眼已七八年之久了。

他写的是——"读完《沈从文自传》,我很感动。书中客观而不夸大的叙述观点让人感觉,阳光底下,再悲伤、再恐怖的事情,都能够以人的胸襟和对生命的热爱而把它包容……"

我读《点点记忆》的感动,与侯孝贤读《沈从文自传》的感动是一样的。

我觉得《点点记忆》的行文,与《沈从文自传》的行文有相同之处,那就是——客观而不夸大的叙述观点;那就是——过来人对当年事的胸襟的包容性。

我认为,以上两点加起来,不仅决定了文章自成一格的品质,也真切地体现出了写文章的人的品质。某种难能可贵的品质。要求自己尽量做到实事求是的品质。

首先令我深受感动的是写文章的人和林豆豆的关系，以及她在"文革"结束十年以后第一次邀见林豆豆的情形。一声"豆豆姐姐"，似乎将父辈之间的仇怨，轻轻一系，打了个死结。这一种打算了却的态度，仿佛在历史和现实之间竖起了一道具有过滤性的墙。写书的人只想将墙那边的真相梳理清晰，本能地防止我们许多人内心里都每每会萌生的清算的动机，从墙那边沾染着历史的污浊渗透过来，毒害到自己的灵魂里。体现于人类政治中的最大不幸，莫过于隔代的清算。罗点点对林豆豆的态度，实在是值得我们中国人学习的，也实在是值得在我们中国人中提倡的。

不难看出，与全文相比，作者此段写得尤其心平气和，没有一丝情绪化的痕迹。分明地，下笔之际给自己规定了严格的原则——绝不蓄意伤害对方。甚至，还分明地，我们竟能看出怜悯。不是可怜，是怜悯。政治的伤疤，呈现在她们的父辈身上，性质是那么的不同，后来又是那么的富有戏剧性。但呈现在儿女们身上，则几乎便是同样性质的狰狞的伤疤了。

可怜是俯视意味的。怜悯是相同感受的人们之间相互的不言而喻。罗点点和林豆豆，她们除了对父辈们"你存我亡"的斗争所持的不同观点，肯定还有某些极为一致的感受吧？知青经历的一章读来也令我深受感动。此经历使作者说出了这样的话——"中国老百姓因此成为世界上最安分守己，最热爱和平的人民。"

这一种对于中国老百姓的好感，非与老百姓同甘共苦过的人,是不太能认识到的。宽敞而豪华的客厅里,往往容易产生的是对中国老百姓所谓"劣根性"的痛心疾首和尖酸刻薄。甚至,容易从内心里滋生轻蔑。作者身为共和国"重臣"及赫赫有名的将门之女,思考到了中国老百姓何以产生那样的地域文化的背景原因和民族心理长期积淀的原因,真的使我不禁刮目相看起来。允许我斗胆而又放肆地妄评一句——这一种思考,都未必是她们和他们的某些父辈当年头脑中认真进行过的……

鲁迅先生的家道从中兴而往社会的底层败落,这使他看待中国社会众生相的目光深刻而犀利。他那一种目光,有时令我们周身发寒。人的目光的深刻和犀利,是否一定必须与冷峻相结合,才算高标一格的成熟呢?《点点记忆》告诉我们,却也未必。它从反面给我们一种启示——人看待社会看待他人的目光,如果在需要温良之时从内心里输向眼中一缕温良,倒或许会使目光中除成熟而外,再多了一份豁达。而深刻和犀利与豁达相结合,似乎更可能接近世事纷纭的因果关系……

客观、温良的文风,使《点点记忆》通篇平实庄重。并且,也使我们读者不难进入一种从容镇定的阅读状态。此状态乃读记述了大事件的文章的最佳状态,使我们的思考不至于被激烈的文字所骚乱。

与棉花相比,丝棉的纤维细且长且韧。同样的被子,丝棉的被套,不但比棉絮的被套轻得多,也暖得多。人性原本非是什么厚重的事物。人生的本质是柔韧软暖的。丝棉的最薄处，纤缕分分明明，经纬交织显见，成网而不紊乱。

在人性的丝绵的网罩之下，记忆的棉花才会长久地保持成被的形状而不四分五裂太快地成为无用之物……人性的薄处，亦即人性最透亮之处。这一种透亮，在《点点记忆》中多方位地呈现……

《红色家庭档案——罗瑞卿女儿的点点记忆》
罗点点　著
南海出版社
1999年1月

人性似水

天地之间，百千物象，无常者，水也；易化者，水也；浩淼广大无边际者，水也；小而如珠如玑甚或微不可见者，水也。

人性似水。

一壶水沸，遂蒸发为汽，弥漫满室，削弱干燥；江河湖海，暑热之季，亦水汽若烟，成雾，进而凝状为云，进而作雨。雨或霏霏，雨或滂沱，于是电闪雷鸣，每有霹雳裂石、断树、摧墙、轰亭阁；于高空遇冷，结晶成雹；晨化露，夜聚霜……总之，一年四季，十二个月二十四节气，雨、雪、霜、雹、露、冰、云、雾，无不变形变态于水；昌年祸岁，也往往与水有着密切的关系。乌云翻滚，霓虹斜悬，盖水之故也；碧波如镜，水之媚也；狂澜巨涛，水之怒也；瀑乃水之激越；泉乃水之灵秀；溪显水性活泼；大江东去一日千里，水之奔放也。

人性似水。

水在地上，但是没有什么力量也没有什么法术可以将它限制在地上。只要它"想"上天，它就会自由自在地随心所欲地升到天空进行即兴的表演。于是天空不宁。水在地上，但是没有什么力量也没有什么法术可以将它限制在地上。只要它"想"入地，即使针眼儿似的一个缝隙，也足可使它渗入到地下溶洞中去。这一缝隙堵住了，它会寻找到另一缝隙。针眼儿似的一个缝隙太小了吗？水将使它渐渐变大。一百年后，起先针眼儿似的一个缝隙已大如斗口大如缸口。一千年后，地下的河或地下的潭形成了。于是地藏玄机。除了水，世上还有什么东西能像水一样在天空、在地上、在地底下以千变万化的形态存在呢？

人性似水。

我们说"造物"这句话时，头脑之中首先想到的是"上帝"，或法力仅次于"上帝"的什么神明。但"上帝"是并不存在的，神明也是并不存在的。起码对如我一样的无神论者而言是不存在的。水却是实在之物。以我浅见，水即"上帝"。水之法力无边。水绝对地当得起是"造物"之神。动物加植物，从大到小，从参天古树到芊芊小草，从蝼蚁至犀象，总计百余万科目、种类，哪一种哪一类离得开水居然能活呢？哪一种哪一类离开了水居然还能继续它们物种的演化呢？地壳的运动使沧海变成桑田，水却使桑田又变成了沧海。坚硬的岩石变成了粉末，我们认为那是风蚀的结果。但风是怎样形成的呢？不消说，微风也罢，罡风也罢，可怕的台风、飓风、龙卷风也罢，归根结底，生成于水。风只不过是水之子。"鬼斧神工"之物，或直接是水的杰作，或是水遣风完成的。连沙漠上也有水的幻象——风将水汽从湿润的地域吹送到沙漠上，或以雨的形态渗入到很深很深的沙漠底层，在炎日的照射之下，水汽织为海市蜃楼……

人性似水。

水真是千变万化的。某些时候，某种情况下，又简直可以说是千姿百态的。鸟瞰黄河，蜿蜿逶逶，九曲十八弯，那亘古之水看去竟是那么的柔顺，仿佛是一条即将临产的大蛇，因了母性的本能完全收敛其暴躁的另面，打算永远做慈爱的母亲似的。那时候那种情况下，它真是恬静极了，能使我们关于蛇和蟒的恐怖联想也由于它的柔顺和恬静而改变了。同样是长江，在诗人和词人们的笔下又竟是那么的不同。"万里长江飘玉带，一轮明月滚绣球"，意境何其浩壮幽远而又曼妙呵！"乱石穿空，惊涛拍岸，卷起千堆雪"，却又多么的气势险怵，令人为之屏息呵！人性亦然，人性亦然。人性之难以一言而尽，似天下之水的无穷变化。

人性似水。人性确乎如水呵！

水成雾；雾成露；一夜雾浓，晨曦中散去，树叶上，草尖上，花瓣上，都会留下晶莹的露珠。那是世上最美的珠子。没有任何另外一种比它更透明，比它更润洁。你可以抖落在你掌心里一颗,那时你会感觉到它微微的沁凉。你也能用你的掌心掬住两颗、三颗,但你的手掌比别人再大,你也没法掬住更多了。因为两颗露珠只消轻轻一碰,顷刻就会连成一体。它们也许变成了较大的一颗,通常情况下却不再是珠子;它们会失去珠子的形状,只不过变成了一小汪水,结果你再也无法使它们还原成珠子,更无法使它们分成各自原先那么大的两颗珠子。露珠虽然一文不值,却有别于一切司空见惯的东西。你可以从河滩上捡回许许多多自己喜欢的石子,如果手巧,还可以将它们粘成各种好看的形状。但你无法收集哪怕是小小的一碟露珠占为私有。无论你的手多么巧,你也无法将几颗露珠穿成首饰链子,戴在颈上或腕上炫耀于人。这就是露珠的品质,它们看去都是一样的,却根本无法收集在一起,更无法用来装饰什么,甚至企图保存一整天也不是一件容易之事。你只能欣赏它们,唯一长久保存它们的方式,就是将它们给你留下的印象"摄录"在记忆中。露珠如人性最细致也最纯洁的一面,通常体现在女孩儿和少女们身上。我的一位朋友曾告诉我,有次她给她的女儿讲《卖火柴的小女孩》,她那仅仅四岁的女儿泪流满面。那时的人家里还普遍使用着火柴。从此女孩儿有了收集整盒火柴的习惯,越是火柴盒漂亮的她越珍惜,连妈妈用一根都不允许。她说等她长大了,要去找到那卖火柴的小女孩儿并且将自己收集的火柴全都送给卖火柴的小女孩儿。她仅仅四岁,还听不明白在那一则令人悲伤的故事中,其实卖火柴的小女孩儿已经冻死。是的，这一种露珠般的人性，几乎只属于天真的心灵。

人性似水。

山里的清泉和潺潺小溪，如少男和少女处在初恋时期的人性。那是人对自己实行的第一次洗礼。人一生往往也只能自己对自己实行那么一次洗礼。爱在那时仿佛圣水，一尘不染；人性第一次使人本能地理解什么是"忠贞"。哪怕相爱着的两个人一个字也不认识，从没听谁讲解过"忠贞"一词。关于性的观念在现代的社会已然"解放"，人性在这方面也少有了动人的体现。但是某些寻找宝物似的一次次在爱河中浮上潜下的男人和女人，除了性事的本能的驱使又是在寻找什么呢？也许正是在寻找那如清泉和小溪一般的人性的珍贵感受吧？

静静的湖泊和幽幽的深潭，如成年男女后天形成的人性。我坦率地承认二者相比我一向亲近湖泊而畏避深潭。除了少数的火山湖，更多的湖是由江河的支流汇聚而成的，或是由山雪融化和雨后的山洪形成的。经过了湍急奔泻的阶段，它们终于水光清漪波平如镜了。倘还有苇丛装点着，还有山廓作背景，往往便是风景。那是颇值得或远或近地欣赏的。通常你只要并不冒失地去试探其深浅，它对你是没有任何危险性的。然而那幽幽的深潭却不同。它们往往隐蔽在大山的阴暗处，在阳光不易照耀到的地方。有时是在一处凸着的山喙下方，有时是在寒气森森潮湿滴水的山洞里。即使它们其实并没有多么深的深度，但看去它们给人以深不可测的印象。海和湖的颜色一般是发蓝的，所以望着悦目。江河哪怕在汛季浑浊着，却是我常见的，对它们有一种熟悉的感觉。然而潭却不同。它的颜色看去往往是黑的。你若掬起一捧，它的水通常也是清的。然而还入潭中，又与一潭水黑成一体了。潭水往往是凉的，还往往是很凉很凉的。除了在电影里出现过片段，在现实生活中偏喜在潭中游泳的人是不多的。事实上与江河湖海比起来，潭尤其对人没什么危害。历史上没有过任何关于潭水成灾的记载，而江河湖海泛滥之灾全世界每年到处发生。我害怕潭可能与异怪类的神话有关。在那类神话中，深潭里总是会冷不丁地跃出狰狞之物，将人一爪捕住或一口叼住拖下潭去。潭每使我联想到人性"城府"的一面。"城府"太深之人不见得便一定是专门害人的小人。但是在这样的人的心里，友情一般是没有什么位置的。正义感公道原则也少有，有时似乎有，但最终证明，还是没有。那给你错误印象的感觉，到头来本质上还是他的"城府"。如潭的人性，其实较少体现在女人身上。"城府"更是男人的人性一面。女人惯用的只不过是心计。但是有"城府"的男人对女人的心计往往一清二楚，他只不过不动声色，有时还会反过来加以利用，以达到自己的目的。

　　一切水都在器皿中。盛装海洋的，是地球的一部分。水只有在蒸发为汽时，才算突破了局限它的范围，并且仍存在着。

盛装如水的人性的器皿是人的意识。人的意识并非完全没有任何局限。但是它确实可以非常之巨大,有时能盛装得下如海洋一般广阔的人性。如海洋的人性是伟大的人性,诗性的人性,崇高的人性。因为它超越了总是紧紧纠缠住人的人性本能的层面,使人一下子显得比地球上任何一种美丽的或强壮的动物都高大和高贵起来。如海洋的人性不是由某一个人的丰功伟绩所证明的。许多伟人在人性方面往往残缺。具有如海洋一般人性的人,对男人而言,一切出于与普罗米修斯同样目的而富有同样牺牲精神的人,皆是。不管他们为此是否经受过普罗米修斯那一种苦罚。对女人而言,南丁格尔以及一切与她一样心怀博爱的她的姐妹,也皆是。

如水的人性亦如水性那般没有长性。水往低处流这一点最接近着人性的先天本质。人性体现于最自私的一面时,于人永远是最自然而然的。正如水往低处流时最为"心甘情愿"。一路往低处流着的水不可能不浑浊。汪在什么坑坑洼洼的地方还会从而成为死水,进而成为腐水。社会谴责一味自私自利的人们时,往往以为那些人之人性一定是卑污可耻并快乐着的。而依我想来,人性长期处于那一种状态未必真的有什么长期的快乐可言。引向高处之水是一项大的工程。高处之水比之低处之水总是更有些用途,否则人何必费时费力地偏要那样?大多数人之人性,未尝不企盼着向高处升华的机会。当然那高处非是尼采的"超人"们才配居住的高处。那种"高处"算什么鬼地方？人性向往升华的倾向是文化的影响。在一个国家或一个民族里，普遍而言，一向的文化质量怎样，一向的人性质量便大抵怎样。一个男人若扶一个女人过马路，倘她不是偶然跌倒于马路中央的漂亮女郎，而是一个蓬头垢面破衣烂衫的老妪，那么他即使没有听到一个谢字，他也会连续几天内心里充满阳光的。他会觉得扶那样一个老妪过马路时的感觉，挺好。与费尽心机勾引一个女郎并终于如愿以偿的感觉大为不同，是另一种快活。如水的人性倒流向高处的过程，是一种心灵自我教育的过程。但是人既为人，就不可能长期地将自己的人性自筑水坝永远蓄在高处。那样子一来人性也就没了丝毫的快乐可言。因为人性无论于己还是于他人，都不是为了变成标本镶在高级的框子里。真实的人性是俗的。是的，人性本质上有极俗的一面。一个理想的社会和与之相适应的文化不该是这样的一把剪刀——以为可以将一概人之人性极俗的一面从人心里剪除干净；而且明白它，认可它，理解它，最大程度地兼容它；同时，有不俗的文化在不知不觉之中吸引和影响我们普遍之人的人性向上，而不一味地"流淌"到低洼处从而一味地不可救药地俗下去……

我们俗着，我们可以偶尔不俗；我们本性上是自私自利的，我们可以偶尔不自私自利；我们有时心生出某些邪念，我们也可以偶尔表现高尚一下的冲动；我们甚至某时真的堕落了，而我们又是可以从堕落中自拔的……我们至死还是没有成为一个所谓高尚的人，有道德的人，脱离了低级趣味的人；但是检点我们的生命，我们确曾有过那样的时候，起码确曾有过那样的愿望……

人性似水，我们实难决定水性的千变万化。

但是水呵，它有多么美好的一些状态呢！

人性也可以的。

而不是不可以——一个社会若能使大多数人相信这一点，那么这个社会就开始是一个人文化的社会了……

接近幸福

爱读的人们

我曾以这样一句话为题写过一篇小文——"读,是一种幸福。"我曾为作家这一种职业作出过我自己所理想的定义——"为我们人类古老而良好的阅读习惯服务的人。"我也曾私下里对一位著名的小说评论家这样说过——"小说是培养人类阅读习惯的初级读本。"我还公开这样说过——"小说是平凡的。"现在,我仍觉得——读,对于我这样一个具体的,已养成了阅读习惯的人,确乎是一种幸福。而且,将是我一生的幸福。对于我,电视不能代替书,报不能代替书,上网不能代替阅读,所以我至今没有接触过电脑。

站在我们所处的当代,向历史转过身去,我们定会发现——读这一种古老而良好的习惯,百千年来,曾给万亿之人带来过幸福的时光。万亿之人从阅读的习惯中受益匪浅。历史告诉我们,阅读这一件事，对于许许多多的人曾是一种很高级的幸福，是精神的奢侈。书架和书橱，非是一般人家所有的家具。书房，无论在西方还是东方，乃富有家庭的标志，尤其是西方贵族家庭的标志。

而读，无论对于男人或女人，无论对于从前的、现在的，抑或将来的人们，都是一种优雅的姿势，是地球上只有人类才有的姿势。一名在专心致志地读着的少女，无论她是坐着读还是站着读，无论她漂亮还是不漂亮，她那一时刻都会使别人感到美。保尔去冬妮娅家里看她，最羡慕的是她家的书房和她个人的藏书。保尔第一次见到冬妮娅的母亲，那林务官的夫人便正在读书。而苏联拍摄的电影《保尔·柯察金》中有一个镜头——黄昏时分的阳光下，冬妮娅静静地坐在后花园的秋千上读着书……那样子的冬妮娅迷倒了当年中国的几乎所有青年。

因为那是冬妮娅在全片中最动人的形象。

读有益于健康，这是不消说的。

一个读着的人，头脑中那时别无他念，心跳和血流是极其平缓的，这特别有助于脏器的休息，脑神经那一时刻处于愉悦状态。

一教室或一阅览室的人都在静静地读着，情形是肃穆的。

有一种气质是人类最特殊的气质，所谓"书卷气"。这一种气质区别于出身、金钱和权力带给人的那些气质，但它是连阔佬和达官显贵们也暗有妒心的气质。它体现于女人的脸上，体现于男人的举止，法律都无法剥夺。

但是如果我们背向历史面向当今，又不得不承认，仍然视读为一种幸福的男人和女人，在全世界都大大地减少了。印刷业发达了，书刊业成为"无烟工业"。保持着阅读习惯的人也许并没减少，然而闲适之时，他们手中往往只不过是一份报了。

我不认为读报比读书是一种幸福。

或者，一位老人饭后读着一份报，也沉浸在愉悦时光里。但印在报上的文字和印在书上的文字是不一样的。对于前者，文字只不过是报道的工具；对于后者，文字本身即有魅力。

世界丰富多彩了，生活节奏快了，人性要求从每天里分割出更多种多样的愉悦时光。而这是人性合理的要求。

读，是一种幸福——这一人性感觉，分明地正在成为人类的一种从前感觉。

我言小说是培养人类阅读习惯的初级读本，并非自己写着小说而又非装模作样地贬低小说。我的意思是，一个人的阅读习惯往往是从读小说开始的。其后，他才去读史，读哲，读提供另外多种知识的书。

我言小说是平凡的，这句话欠客观。因为世界上有些小说无疑是不平凡的，伟大的。有些作家倾其毕生心血，留给后人一部《红楼梦》式的经典，或《人间喜剧》那样的皇皇巨著，这无论如何不应视为一件平凡的事情。这些丰腴的文学现象,也可以说是人类经典的文学现象。经典就经典在同时产生从前那样一些经典作家。但是站在当今看以后,世界上不太容易再产生那样一些经典作家了。诺贝尔文学奖的质量和获奖作家的分量每况愈下,间接地证明着此点。然而能写小说能出版自己的书的人空前地多了。也许从严格的意义上讲这些人不能算作家,只不过是写过小说的人。但小说这件事,却由此而摆脱神秘性,以俗常的现象走向了民间,走向了大众。于是小说的经典时代宣告瓦解,小说的平凡时代渐渐开始……

我这篇文字更想谈的,却并非以上内容。其实我最想谈的是——在当今,仍保持着阅读的习惯并喜欢阅读的人群有哪些?在哪里?这谁都能扳着手指说出一二三四来,但有一个地方,有那么一种人群,也许是除了我以外的别人很难知道的。那就是——精神病院。那就是——精神病患者人群。当然,我指的是较稳定的那一种。

是的,在精神病院,在较稳定的精神病患者人群中,阅读的习惯不但被保持着,而且被痴迷着。是的,在那里,在那一人群中,阅读竟成为如饥似渴的事情,带给着他们接近幸福的时光和感觉。这一发现使我大为惊异,继而大为感慨,又继而大为感动。相比于当今精神正常的人们对阅读这一件事的不以为然、不屑一顾,我内心顿生困惑——为什么偏偏是在精神病院里?为什么偏偏是在精神病患者人群中？我百思不得其解。

家兄患精神病三十余年。父母先后去世后，我将他接到北京，先雇人照顾了一年多，后住进了北京某区一家精神病托管医院。医护们对家兄很好，他的病友们对他也很好。我心怀感激，总想做些什么表达心情。

于是想到了书刊。我第一次带书刊到医院，引起一片惊呼。当时护士们正陪着患者在院子里"自由活动"。

"书！书！"

"还有刊物！还有刊物！"

……

顷刻，我拎去的三大塑料袋书刊，被一抢而空。

患者如获至宝，护士们也当仁不让。医院有电视，有报。看来，对于那些精神病患者，日常仅仅有电视有报反而不够了。他们见了书见了刊眼睛都闪亮起来了。而在医院的外面，在我们许多正常人的生活中，恰恰地，似乎仅仅有电视有报就足矣了。而且，我们许多正常人的文化程度，普遍是比他们高的。他们中仅有一名硕士生。还有一名进了大学校门没一年就病了的，我的哥哥。

我当时呆愣在那儿了。因为决定带书刊去之前，我是犹豫再三的，怕怎么带去怎么带回来。精神病人还有阅读的愿望吗？事实证明他们不但有，还竟那么强烈！后来我每次去探望哥哥，总要拎上些书刊。后来我每次离开时，哥哥总要叮嘱："下次再多带些来！"我问："不够传阅吗？"哥哥说："那哪够！一拿在自己手里，都舍不得再给别人看了。下次你一定要多带些来！"患者往往也会聚在窗口门口朝我喊："谢谢你！""下次多带些来！"那时我的眼眶总是会有些湿，因他们的阅读愿望，因书和刊在精神病院这一种地方的意义。

我带去的书刊，预先又是经过我反复筛选的。因为他们是精神病患者。内容往往会引起许多正常人兴趣的书刊，如渲染性的、色情的、暴力的、展览人性丑恶及扭曲程度的、误导人偏激看待人生和社会的，我绝不带去。

我带给那些精神病患者的，皆是连家长们都可以百分百放心地给少男少女们看的书和刊。而且，据我想来，连少男少女们也许都不太会有兴趣看。

正是那样的一些经过我这个正常的人严格筛选的书和刊，对于那些精神病患者，成为高级的精神食粮。而这样的一切书和杂志，尤其杂志，一过期，送谁谁也不要。所以我从前都是打了捆，送给传达室朱师傅去卖。

我这个正常之人在我们正常人们的正常社会，曾因那些书和刊的下场多么的惋惜啊！现在，我终于为它们在精神病院这一种地方，安排了一种备受欢迎的好归宿。我又是多么的高兴啊！由精神病院，我进而联想到了监狱。或者在监狱，对于囚犯们，它们也会备受欢迎吧！书和刊以及其中的作品文章，在被阅读之时，也会带给囚犯们平静的时光，也会抚慰一下他们的心灵，陶冶一下他们的性情吧？

谁能向我解释一下，精神病患者竟比我们精神病院外的精神正常的人们，更加喜欢阅读这一件事情——因而证明他们当然是精神病患者，抑或证明他们的精神在这一点上与我们精神正常的人们差不多一样正常！

阿门，喜欢阅读的精神病患者啊，我是多么喜欢你们！也许，因为我反而与你们在精神上更其相似着……

读是一种幸福

读书——不,更准确地说,所谓"读"这一种习惯,对我已不啻是一种幸福。这幸福就在日子里,在每一天的宁静时光里。不消说,人拥有宁静的时光,这本身便是幸福。而宁静的时光因阅读会显得尤其美好。

我的宁静之享受,常在临睡前,或在旅途中。每天上床之后,枕旁无书,我便睡不着,肯定失眠。外出远足,什么都可能忘带,但书是不会忘带的。书是一个囊括一切的大概念。我最经常看的是人物传记、散文、随笔、杂文、文言小说之类。《读书》《随笔》《读者》《人物》《世界博览》《奥秘》都是我喜欢的刊物,是我的人生之友。前不久,友人开始寄我《世界警察》,看了几期,也喜爱起来。还有就是目前各大报的"星期刊""周末版"或副刊。

要了解我所生活的城市，大而至于我们这个国家，我们这个地球，每天正发生着什么事，将要发生什么事，仅凭晚上看电视里的"新闻"，自然是远远不够的。"秀才不出门，便知天下事"，是所谓"秀才"聊以自慰自夸的话。或者是别人们对"秀才"们的揶揄。不过在现代社会里，传播媒介如此之丰富，手段如此之发达，对于当代人来说，不出门而大致地知道一些"天下事"，也是做得到的。

知道了又怎样？

知道了会丰富我对世界的认识。而这种认识，于我——一个以写作为职业的人来说，则是相当重要的。妄谈对世界的认识，似乎口气太大了，那么就说对周遭生活的认识吧。正是通过阅读，我感觉到周遭生活之波有时汹涌澎湃，有时潜流涡旋，有时微波涌荡……

当然，这只是阅读带给我的一方面的兴致。另一方面，通过阅读，我认识了许许多多的人。仿佛每天都有新朋友。我敬爱他们，甘愿以他们为人生的榜样。同时也仿佛看清了许多"敌人"，人类的一切公敌——人类自身派生出来的到自然环境中对人类起恶劣影响的事物，我都视为敌人。这一点使我经常感到，爱憎分明于人是多么重要的品质。

创作之余，笔滞之时，我会认真地读一会儿文学期刊。若读的正是一篇佳作，便会一口气读完。不管作者认识与否，都会产生读了一篇佳作的满足感。倘是作家朋友们写的，是生活在同一座城市的人，又常忍不住拨电话，将自己读后的满足，传达给对方。这与其说是分享对方的喜悦，莫如说是希望对方分享我的喜悦。倘作者是外地的，还常会忍不住给人家写一封信去。

读，实在是一种幸福。

最后我想说，与我的中学时代相比，现在的中学生，似乎太被学业所压迫了。我的中学时代，是苦于无书可读。买书是买不起的，尽管那时书价比现在便宜得多。几个同学凑了七八分钱，到小人书铺去看小人书。这是永远值得回忆的往事了。现在的中学生们，可看的太多了，却又陷入选择的迷惘，并且失去了本该拥有的时间。

生活也真是太苛刻了！

我最初的故乡是书本
——《课外名著》系列总序

这是一套为初中生和高中生们选编的文学类课外阅读丛书。是为他们,不,同学们,是为开阔和丰富你们的课外阅读视野而做的一件事情。

你们一升到高二,便开始分科了。有的同学归入了文科班,有的同学归入了理科班。

但是你们啊,且莫以为这套丛书仅只是为文科班同学选编的,对理科班同学并没有什么实际的意义。

不,我想建议理科班的高中同学,或虽还在读初中,但已确定了以后的理科志向的同学,在不至于影响理科成绩的前提之下,也是不妨读一读的。

因为,高考虽有文理之分,人却不应一生按高考的区别而活着。也就是说，人不分男女，不论所获是理科学位还是文科学位，多少有一些文学的修养，定比没有要可爱。何况，文学中不只文学，还有其他"营养"种种。正如粮食里不只淀粉，还包含有别的维生素。

一个有读书习惯的人，是善于将安安静静的阅读时光当成一种享受的，会觉得比饱餐美食更是一种享受，会觉得比"泡吧"或沉湎于网络聊天室不能自拔更是一种享受。

有此体会的人，与他人是不太一样的。

他深谙生命有时多么需要孤独一下的道理。那时他以书为伴，一卷在手，仿佛与良师益友避开了喧闹，倾心相谈。自然，须是值得一读的书。

而这一种享受，是要从学生时代便有所领悟的，正如好习惯是自小养成的。

同学们，我曾为你们写过一篇短文——《读是一种幸福》。

这套丛书将教你们体味个中幸福。

据我所知，同类丛书，辽宁教育出版社曾出版过一套，是由王蒙和刘心武两位作家主编。高中之小说部分，还收录了我的《同学》一文。所以出版社诚邀我做编委并请我写序时，我是很迟疑的。及至详阅了他们寄来的目录，我不再顾虑什么，表示评委可做，序也愿意写。因为两套书的篇目是很不一样的。多出一种同类书，也好。文科的，已买了前一套丛书的，家里经济条件宽裕的同学，不妨再买这一套，相比较地阅读，阅读视野不是就扩大了一倍吗。家里经济条件拮据的同学，也是可以向买了的同学借读的呀。我十分尊重爱书的人其书必珍的心理。但我是提倡一人有书，朋友可读的。只要借书的人爱护书，有借有还就行。我曾多次到中学和大学去与同学们座谈。同学们往往提出这样的要求：给我们列一份读书单吧！而我每觉茫然、恓惶，甚至惭愧。那是我根本列不出来的。在书店里，我置身于书的海洋，连自己也常感顾此失彼。我甚至认为，那样的一份书单，已非今日之某一人所能开列。现在好了，湖南文艺出版社的编辑们为同学们选编成了这一套丛书。

这一套丛书是他们专门集中了几位优秀编辑的力量，辛辛苦苦工作了两三个月才确定篇目的。目录中有几篇及作者，对我也是陌生的。

我没从书中发现林语堂的名字和他的文章。林语堂的文章是我所喜爱的。我将建议编者们务必补选一二篇。但愿同学们也会喜欢他的文章。我是初中生的时候，根本不知道，也没从任何人口中听说过林语堂、徐志摩、梁遇春、沈从文、张爱玲。那时，国内是不出版他们的书的，连图书馆里也没有。现在，同学们不但能读到他们的书，以后上了大学，还能在课上一起与老师分析之，欣赏之。同学们所了解的中国文学，相对于我们那一代是完整的，而非残缺的。同学们是幸运的。

人类的文字之运用于文学的写作实践,是最符合人性的实践,也是最能揭示人性之丰富细腻的内容的。文学使文字不朽。高尔基说:"书籍包含着我们的先人,以及我们同代人的灵魂,书籍似乎就是人们在全世界范围内对本身事业的谈论,就是人类心灵关于生活的记载。"而一位罗马皇帝的临终遗言则是:"我最初的故乡是书本。"同学们,为自己拥有那一"故乡"而读这一套书吧!尽管我们都不会愚蠢地梦想当皇帝……

文化是我们另外的故乡

——第三届"文津图书奖"总序

我这一种想法,或我这一种说法,大约是不会引起太多歧义的吧?

"人文伊始,文化天下"——其实意思也就是,自从世界上有了人类活动的现象,于是文明普及开来,遂有文化。

将文化边缘了的国家或民族,肯定难以强盛。即使强盛一时,终也不会长久。

而被文化边缘化了的国家或民族,无疑是可悲的。

虽然,文化之载体现已变得特别多样,但书籍这一最古老的文化载体仍对传播文化内容发挥着极其重要的作用,估计也是没有太多歧义的。

北京图书馆作为中国目前唯一的国家级图书馆,发起和认认真真地进行"文津图书奖"评选活动,所秉持的正是以上思想,并且也正是"文津图书奖"评委们的一致思想。

虽然,此次评选活动才是第二次,但是我们可以高兴地告诉人们,参选的书籍比第一次增多了二百余册。十部获奖图书,乃是从五百余部参选图书中经过几番投票认认真真地评选出来的。

五百余部参选图书是这样汇总的——三分之二左右是由全国各出版社积极选送的;三分之一中的大部分是由国家图书馆的具体工作人员根据年度全国出版信息按种类比例筛选的;另有少数,是评委们推荐的。评选过程采取投票方式。一旦有两位以上评委对结果并不满意,那么便展开讨论,各抒己见,之后再投票,直至全体评委对结果基本满意为止。

而评选规则是这样的——小说、诗歌仍不列入评选范围,因为此两类图书已设有全国性的优秀文学奖。我们有自知之明,深感以我们的水平恐怕难孚众望。但是评选活动并不完全排斥文学属性的图书,某些传记类、散文类、纪念文集类图书,仍包括在评选范围之内。比如首届"文津图书奖"中,就有一部旨在纪念胡耀邦同志的文集高票数获奖,而那是一部传记内容与回忆、纪念内容相结合的图书。至于散文类图书,我们的评选原则有以下三点:一、获全国散文集优秀文学奖之外的图书;二、同样具有良好的文学品质;三、其内容使普通民众感到亲切,同时有助于提升民众情怀修养和精神风貌的图书。一言以蔽之，就是具有"人文"普及性的散文类图书。

我们盼望在下一届评选中，会有那样的散文类图书获奖。

我们很高兴地告诉大家，在此次评选活动中，有两部书以特别关注社会现实的内容获得评委们的重视，便是《中国教育公平的理想与现实》和《医事：关于医的隐情与智慧》两部书。

对于在这两方面社会现实问题面前倍感困扰的人们，我们相信两部书能够提供更全面更客观当然也更理性的认识，并引发思考；在公众意识方面，可进一步形成有利于改革两种社会现实问题的条件。

我们也愿借此机会，向国家公务员和国家领导干部们，向教育工作者、领导者和医务工作者、领导者推荐以上两部书。我们认为，归根结底，对于教育事业均衡发展及医疗资源合理共享这两种社会现实问题，以上人士应比公众负有更大更多的改革热忱和责任。尽管，两部书的作者并没在书中提供出什么灵丹妙药式的解决方案，但我们认为这是完全可以原谅的不足。毕竟，事关一个十三亿多人口大国的严重的社会现实问题的解决，非是哪两个人的头脑所能形成完整方案的。有时候，将问题所有方方面面现象和原因予以综合和分析，实在也是书籍的意义。

在此次获奖的十部书中，自然仍有《上帝掷骰子吗》等四部科普类图书，以生动形象而又具有文学色彩的个性化风格所著的科普类图书,是我们在两次评选活动中一如既往地予以关注的。我们非常希望我国的青少年通过阅读这一类图书,培养起对科学的浓厚兴趣。因为中国的将来,需要更多有志于科学,肯于献身科学的才俊。因为科学和文化水平,决定中国目前的崛起和腾飞能达到多高、多久、多远。

《中华文明史》(1~4卷)、《最有价值的阅读》、《万古江河:中国历史文化的转折与开展》等书籍,是此次获奖的人文类书籍。我们很希望做家长的也来读这一类书籍。依我们想来,在中国现行教育体制和模式之下,仅仅将儿女交付给学校教育来培养,显然对下一代的良好成长是不够的。家长们也应特别能动性地负起引导孩子良好成长的责任,而这就不仅需要家长们在物质方面关爱和满足自己孩子们的诉求,也更需要在文化方面予以引导和满足。那么,自己首先拥有一定的文化知识,显然也就更大程度地掌握了与孩子们进行文化知识交流的主动性。

我们自我调侃地感叹,我们所参与之事,类似售楼小姐之推荐楼盘。

但我们又十分欣慰地认为,我们所推荐的"楼盘",乃是世界上空间最大的"楼盘",几乎可以用大到是世界的一部分来形容。比之于目前房地产商们的评价,我们所推荐的"楼盘",也实在可以说是性价比较合乎商业原则的了。

每一部好书的封面都如同一扇门:谁打开它,就如同从某一个方向迈入了科学和文化知识的世界。在那个世界里,知识的"楼盘"是无形的,于是便也似乎是无限大的。

因为好书的特征是这样的——当人读完并合上它的时候,必将引导人思想。而思想的领域是无限的……

人生真相

仅仅为了生存而被自己根本不愿做的事情牢牢粘住一生的人越来越少;每一个人只要努力做好自己必须做的事情,只要自己愿意做的事情不脱离实际,终将有机会满足一下或间接满足一下自己的"愿意"。

人活着就得做事情。

古今中外,无一人活着而居然可以不做什么事情。连婴儿也不例外。吮奶便是婴儿所做的事情,不许他做他便哭闹不休,许他做了他便乖而安静。广论之,连蚊子也要做事:吸血。连蚯蚓也要做事:钻地。

一个人一生所做之事,可以从许多方面来归纳——比如善事恶事,好事坏事,雅事俗事,大事小事……

世上一切人之一生所做的事情,也可用更简单的方式加以区分,那就无外乎——愿意做的、必须做的、不愿意做的。

古今中外,上下数千年,任何一个曾活过的人们,正活着的人们的一生,皆交叉记录着自己们愿意做的事情、必须做的事情、不愿意做的事情。即将出生的人们的一生,注定了也还是如此这般。

细细想来,古今中外,一生仅做自己愿意做的事情,但凡不愿意做的事情可以一概不做的人,极少极少。大约,根本没有过吧?从前的国王皇帝们还要上朝议政呢,那不见得是他们天天都愿意做的事。

有些人却一生都在做着自己不愿意做的事情。比如他或她的职业绝不是自己愿意的,但若改变却千难万难,"难于上青天"。不说古代,不论外国,仅在中国,仅在二十几年前,这样一些终生无奈的人比比皆是。

而我们大多数人的一生,其实只不过都在整日做着自己必须做的事情。日复一日,渐渐地,我们对我们那么愿意做,曾特别向往去做的事情漠然了。甚至,连想也不去想了。仿佛我们的头脑之中对那些曾特别向往去做的事情,从来也没产生过试图一做的欲念似的。即使那些事情做起来并不需要什么望洋兴叹的资格和资本。日复一日地,渐渐地,我们变成了一些生命流程,仅仅被必须做的、杂七杂八的事情注入得满满的人。我们只祈祷我们千万别被自己不愿意做的事情粘住了。果而如祈,我们则已谢天谢地,大觉幸运了。甚至会觉得顺顺当当地过了挺好的一生。

我想,这乃是所谓人生的真相之一吧!一生仅做自己愿意做的事情,凡不愿意做的事情可以一概不做的人,我们就不必太羡慕了吧!衰老、生病、死亡,这些事任谁都是躲不过的。生病就得住院,住院就得接受治疗。治疗不仅是医生的事情,也是需要病人配合着做的事情。某些治疗的漫长阶段比某些病本身更痛苦。于是人最不愿意做的事情,一下子成了自己必须做的事情。到后来为了生命,最不愿做的事情不但变成了必须做的事情,而且变成了最愿做好的事情。倒是唯恐别人认为自己做得不够好进而不愿意在自己的努力配合之下尽职尽责了。

我们且不说那些一生被自己不愿做的事情牢牢粘住,百般无奈的人了吧!他们也未必注定了全没他们的幸运。比如他们中有人一听做胃镜检查这件事就脸色大变,竟幸运地有一个从未疼过的胃,一生连粒胃药也没吃过。比如他们中有人一听动手术就心惊胆战,竟幸运地一生也没躺上过手术台。比如他们中有人最怕死得艰难,竟幸运地死得很安详,一点儿痛苦也没经受,忽然的就死了,或死在熟睡之中。有的死前还哼着歌洗了人生的最后一次热水澡,且换上了一套新的睡衣……

我们还是了解一下我们自己,亦即这世界上大多数人的人生真相吧!

我们必须做的事情,首先是那些意味着我们人生支点的事情。我们一旦连这些事情也不做，或做得不努力，我们的人生就失去了稳定性，甚而不能延续下去。比如我们每人总得有一份工作，总得有一份收入。于是有单位的人总得天天上班；自由职业者不能太随性，该勤奋之时就得自己要求自己孜孜不倦。这世界上极少数的人之所以是幸运的，幸运就幸运在——必须做的事情恰也同时是自己愿意做的事情。大多数人无此幸运。大多数人有了一份工作有了一份收入就已然不错。在就业机会竞争激烈的时代，纵然非是自己愿意做的事情，也得当成一种低质量的幸运来看待。即使打算摆脱，也无不掂量再三，思前虑后，犹犹豫豫。

因为对于我们大多数人而言，我们整日必须做的事情，往往不仅关乎着我们自己的人生，也关乎着种种的责任和义务。比如父母对子女的；夫妻双方的；长子长女对弟弟妹妹的；等等。这些责任和义务，使那些我们寻常之人整日必须做的事情具有了超乎于愿意不愿意之上的性质，并随之具有了特殊的意义。这一种特殊的意义，纵然不比那些我们愿意做的事情对于我们自己更快乐，也比那些事情显得更重要，更值得。

我们做我们必须做的事情，有时恰恰是为了有朝一日可以无忧无虑地做我们愿意做的事情。普遍的规律也大抵如此。一些人勤勤恳恳地做他们必须做的事情，数年如一日，甚至十几年二十几年如一日，人生终于柳暗花明，终于得以有条件去做自己愿意做的事情了。其条件当然首先是自己为自己创造的。这当然得有这样的前提——自己所愿意做的事情，自己一直惦记在心，一直向往着去做，一直并没泯灭了念头……

我们做我们必须做的事情，有时恰恰不是为了有朝一日可以无忧无虑地做我们愿意做的事情。我们往往已看得分明，我们愿意做的事情，并不由于我们将我们必须做的事做得多么努力、做得多么无可指责而离我们近了；相反，却日复一日地，渐渐地离我们远了，成了注定与我们的人生错过的事情。不管我们一直怎样惦记在心，一直怎样向往着去做。但我们仍那么努力那么无可指责地做着我们必须做的事情。为了什么呢？为了下一代，为了下一代得以最大程度地做他们和她们愿意做的事；为了他们和她们愿意做的事不再完全被动地与自己的人生眼睁睁错过；为了他们和她们，具有最大的人生能动性，不被那些自己根本不愿意做的事粘住，进而具有最大的人生能动性，使自己必须做的事与自己愿意做的事协调地相一致起来。起码部分地相一致起来；起码不重蹈我们自己人生的覆辙，因为整日陷于必须做的事而彻底断送了试图一做自己愿意做的事情的条件和机会。

社会是赖于上一代如此这般的牺牲精神而进步的。

下一代人也是赖于上一代人如此这般的牺牲精神而大受其益的。

有些父母为什么宁肯自己坚持着去干体力难支的繁重劳动，或退休以后也还要无怨无悔地去做一份收入极低微的工作呢？为了子女们能够接受高等教育,能够从而使子女们的人生顺利地靠近他们愿意做的事情。

"可怜天下父母心"一句话,在这一点上,实在是应该改成"可敬天下父母心"的。而子女们倘竟不能理解此点,则实在是可悲可叹啊。

最令人同情的是这样一些人——他们终于像放下沉重的十字架一样,摆脱了自己必须做甚而不愿意做却做了几乎整整一生的事情;终于有一天长舒一口气自己对自己说——现在,我可要去做我愿意做的事情了。那事情也许只不过是回老家看看,或到某地去旅游,甚或,只不过是坐一次飞机,乘一次海船……而死神却突然来牵他或她的手了……

所以,我对出身贫寒的青年们进一言,倘有了能力,先不必只一件件去做自己愿意做的事情。要想一想,自己怎么就有了这样的能力?完全靠的自己?含辛茹苦的父母做了哪些牺牲?并且要及时地问:"爸爸妈妈,你们一生最愿意做的事情是些什么事情?咱们现在就做那样的事情!为了你们心里的那一份长久的期望……"

我的一位当了经理的青年朋友就这样问过自己的父母,在今年的春节前——而他的父母吞吞吐吐说出来的是,他们想离开城市重温几天小时候的农村生活。

当儿子的大为诧异:那我带着公司员工去农村玩过几次了,

你们怎么不提出来呢?

父母道:我们两个老人,慢慢腾腾的,跟了去还不拖累你玩不快活呀!

当儿子的不禁默想,进而戚然。

春节期间,他坚决地回绝了一切应酬,是陪父母在京郊农村度过的……

我们憧憬的理想社会是这样的:仅仅为了生存而被自己根本不愿做的事情牢牢粘住一生的人越来越少;每一个人只要努力做好自己必须做的事情,只要自己愿意做的事情不脱离实际,终将有机会满足一下或间接满足一下自己的"愿意"。

据我分析,大多数人愿意做的事情,其实还都是一些不失自知之明的事情。

时代毕竟进步了。

标志之一也是——活得不失自知之明的人越来越多而非越来越少了。

尽管我们大多数人依然还都在做着我们整日必须做的事情,但这些事情随着时代的进步,与我们的人生的关系已变得越来越灵活,越来越宽松,使我们开始有相对自主的时间和精力顾及我们愿意做的事情,不使之成为泡影。重要的倒是,我们自己是否还像从前那么全凭必须这一种惯性活着……

我们都知道的,金钱除了不能解决生死问题,除了不能一向成功地收买法律,几乎可以解决至少可以淡化人面临的许许多多困扰。

我们大多数世人,或更具体地说——百分之九十甚至百分之九十五以上的世人,与金钱到底是一种什么样的关系呢?我的意思是在说,或者是在问,或者仅仅是在想——那种关系果真像我们人类的文化和对自身的认识经验所记录的那样,竟是贪而无足的吗?

我感觉到这样的一种情况——即在我们人类的文化和对自身认识的经验中,教诲我们人类应对金钱持怎样的态度和理念,是由来久矣并且多而又多的;但分析和研究我们与金钱之关系的真相的思想成果,却很少很少。似乎我们人类与金钱的关系,仅仅是由我们应对金钱持怎样的态度来决定的。似乎只要我们接受了某种对金钱的正确的理念,金钱对我们就是无足轻重的东西了,对我们就会完全丧失吸引力了。

在我们人类与金钱的关系中,某种假设正确的理念,真的能起特别重要的作用吗?果真那样,思想岂不简直万能了吗?

在全世界,在人类的古代,金即是钱;即是通用币;即是永恒的财富。百锭之金往往意味着佳食锦衣,唤奴使婢的生活。所有富人的日子一旦受到威胁,首先将金物及价值接近着金的珠宝埋藏起来。所以直到现在,虽然普遍之人的日常生活早已不受金的影响,在谈论钱的时候,却仍习惯于二字合并。

在今天，在中国，"文化"已是一个泡沫化了的词。已是一个被泛淡得失去了"本身义"并被无限"引申义"了的词。不是一切有历史的事物都能顺理成章地构成一种文化。事物仅仅有历史只不过是历史悠久的事物。纵然在那悠久的历史中事物一再地演变过，其演变的过程也不足以自然而然地构成一种文化。

只有我们人类对某一事物积累了一定量的思想认识，并且传承以文字的记载，并且在大文化系统之中占据特殊的意义，某一事物才算是一种文化"化"了的事物。

这是我的个人观点。而即使此观点特别容易引起争议，我们若以此观点来谈论金钱，并且首先从"金钱文化"说起，大约是不会错到哪里去的。

外国和中国的一切古典思想家们，有一位算一位，哪一位不曾谈论过人与金钱的关系呢？可以这么认为，自从金钱开始介入我们人类的生存形态那一天起，人类的头脑便开始产生着对于金钱的思想或曰意识形态了。它们一而再，再而三地呈现在童话、神话、民间文学、士人文学、戏剧以及后来的影视作品和大众传媒里。它们的全部的教诲，一言以蔽之，用教义最浅白的"济公活佛圣训"中的一句话来概括那就是——"死后一文带不去，一旦无常万事休"。

数千年以来，"金钱文化"对人类的这种教诲的初衷几乎不曾丝毫改变过，可谓谆谆复谆谆，用心良苦。只有在现当代的经济学理论成果中,才偶尔涉及我们人类与金钱之关系的真相,却也只是几笔带过,点到为止。

那真相我以为便是——其实我们人类之大多数对金钱所持的态度,非但不像"金钱文化"从来渲染的那样一味贪婪,细分析,简直还相当理性,相当朴素,相当有度。

奴隶追求的是自由。

诗人追求的是传世。

科学家追求的是成果。

文艺家追求的是经典。

史学家追求的是真实。

思想家追求的是影响。

政治家追求的是稳定……

而小百姓追求的只不过是丰衣足食、无病无灾、无忧无虑的小康生活罢了。倘是工人,无非希望企业兴旺,从而确保自己的收入养家度日不成问题;倘是农民,无非希望风调雨顺,亩产高一点儿,售出容易点儿;倘是小商小贩,无非希望有个长久的摊位,税种合理,不积货,薄利多销……

如此看来,大多数世人虽然每天都生活在这个由金钱所推转着的世界上,每一个日子都离不开金钱这一种东西,甚而我们的双手每天都至少点数过一次金钱,我们的心里每天都至少盘算过一次金钱,但并不因而都梦想着有朝一日成为富豪或资本家,银行账户上存着千万亿万,于是大过奢侈的生活,于是认为奢侈高贵便是幸福……

真的,细分析,我确确实实地觉得,人类的大多数对金钱所持的态度,从过去到现在甚至包括将来,其实一向是很健康的。

一直不健康的或温和一点儿说不怎么健康的,恰恰是"金钱文化"本身。这一种文化几乎每天都干扰我们对这个世界的正常视听要求和愿望,似乎企图使我们彻底地变成仅此一种文化的受众,从而使其本身变成摇钱树。这一种文化的一个显著的特征就是——当其在表现人的时候几乎永远只有一个角度,无非人和金钱的关系,再加点性和权谋。它的模式是——"那公司那经理那女人,和那一大笔钱"。

我们大多数世人每天受着这一种文化的污染,而我们对金钱的态度仍相当理性,相当朴素,相当有度。我简直不能不这样赞叹——大多数世人活得真是难能可贵!

再细加分析,具体的一个人,无论男女,无论有一个穷爸爸还是富爸爸,其一生皆大致可分为如下阶段:

童年——以亲情满足为最大满足的阶段。

少年——以自尊满足为最大满足的阶段。

青年——以爱情满足为最大满足的阶段。

中年前期——以事业满足为最大满足的阶段。

中年后期——以金钱满足为最大也许还是最后满足的阶段。

老年前期——以自尊满足为最大满足的阶段。

老年后期——以亲情满足为最大满足的阶段……

大多数人大抵如此，少数人不在其列。

人，尤其男人，在中年后期，往往会与金钱发生撕扯不开的纠缠关系。这乃因为——他在爱情和事业两方面，可能有一方面忽然感到是失败的，甚或两方面都感到是失败的、沮丧的。也许那是一个事实，也许仅仅是他自己误入了什么迷津；还因为中年后期的男人，是家庭责任压力最大的人生阶段，缓解那压力仅靠个人作为已觉力不从心，于是意识里生出对金钱的幻想。但普遍而言，中年后期的男人已具有着与其年龄相一致的理性了。他们对金钱的幻想仅仅是幻想罢了。并且，这幻想折叠在内心里，往往是不出来的。某些男人在中年后期又有事业的新篇章和爱情的新情节，则他们便也不会把金钱看得过重。

在经济发达的国家，人们的追求，包括对人生享受的追求，往往呈现着与金钱没有直接关系的现象。"金钱文化"在那些国家里也许照旧地花样翻新，但对人们的意识已经不足以构成深刻的重要的影响。我们留心一下便不难得出这样的结论——那些国家的文化的文艺的和传媒的主流内容往往是关于爱、生、死、家庭伦理和人类道德趋向以及人类大命运的。或者，纯粹是娱乐的。

因为在那些国家里，中产阶级生活已经是不难实现的。

而中产阶级，乃是一个与金钱的关系最自然、最得体、最有分寸的阶级。

在经济落后的国家,人们反而普遍不太会对金钱产生强烈又痛苦的幻想。因为那接近于是梦想。他们对金钱的愿望是被自己限制得很低很低的,于是金钱反而最容易成为带给他们满足的东西。

在发展中国家,特别在由经济落后国家向经济振兴国家迅速过渡的国家,其文化随之嬗变的一个显著事实就是——"金钱文化"同步迅速繁衍和对大文化系统的蚕食,和对人们日常生活的方方面面的几乎无孔不入的侵略式影响。人面对之,要么采取个人式的抵御姿态;要么接受它的冲击式的洗脑,最终变得有点儿像金钱崇拜者了。在这样的国家这样的时代,充斥于文化、文艺和媒体的经常的主要的内容,往往是关于金钱这一种东西的。在这样的国家这样的时代,文化和文艺往往几乎已经丧失掉了向人们讲述一个纯粹的、与金钱不发生瓜葛的爱情故事的能力。因为这样的爱情故事已不合人们的胃口,或曰已不合时宜,被认为浅薄了。于是通俗歌曲异军突起,将文化和文艺丧失了的元素吸收去变成为自身存在的养分。通俗歌曲的受众是青少年。是以对爱情的向往为向往,以对爱情的满足为满足的群体。他们沉湎于通俗歌曲为之编织的爱情帷幔中,就其潜意识而言,往往意味着不愿长大,逃避长大——因为长大后,将不得不面对金钱的左右和困扰。

在这样的国家这样的时代,贫富迅速分化,差距迅速悬殊,人对金钱的基本需求和底线一番番被刷新。相对于有些人,那底线不断地不明智地一次次攀升;相对于另一些人,那底线不断地不得已地一次次跌降。前者往往可能由于不能居住于富人区而混乱了人与金钱的关系;后者则往往可能由于连生存都无法为继而产生了人对金钱的偏执理解。

归根结底,不是人的错,更不是时代的错,也当然不是金钱的错,而只不过是——在特殊的历史阶段,人和金钱贴紧于同一段社会通道之中了。当同时钻出以后,人和金钱两种本质上不同的东西(姑且也将人叫作东西吧),又会分开来,保持必要的距离,仅在最日常的情况之下发生最日常的"亲密接触"。

那时,大多数人就可以这样诚实又平淡地说了:金钱吗?它不是唯一使我万分激动的东西,也不是唯一使我惴惴不安的东西,更不是我人生中唯一重要的东西。我必须有足够花用的金钱,而我的情况正是这样。

归根结底,爱国主义——正是由这一种人对金钱相当理性,相当朴素,相当有度,因而相当良好的感觉来决定的。

哪一个国家使它的人民与金钱的关系如此这般着了,它的人民便几乎无须被教导,自然而然地爱着他们的国了……

人生和它的意义

如果一个人只从纯粹自我方面的感受去追求所谓人生的意义，并且以为唯有这样才会获得最多最大的意义，那么他或她到头来一定所得极少。

确实，我曾多次被问到——"人生有什么意义？"往往，"人生"之后还要加上"究竟"二字。

迄今为止，世上出版过许许多多解答许许多多问题的书籍，证明一直有许许多多的人思考着许许多多的问题。依我想来，在同样许许多多的"世界之最"中，"人生有什么意义"这一个问题，肯定是人的头脑中所产生的最古老、最难以简要回答明白的一个问题吧。而如此这般的一个问题，又简直可以算得上是一个"哥德巴赫猜想"或"相对论"一类的经典问题吧。

动物只有感觉，而人有感受。

动物只有思维，而人有思想。

动物的思维只局限于"现在时"，而人的思想往往由"现在时"推测"将来时"。

我想，"人生有什么意义"这一个问题，从本质上说，是从"现在时"出发对"将来时"的一种叩问。是对自身命运的一种叩问。世界上只有人关心自身的命运问题。"命运"一词，意味着将来怎样。它绝不是一个仅仅反映"现在时"的词。

"人生有什么意义"这一个问题既然与人的思想活动有关，那么我们一查人类的思想史便会发现，原来人类早在几千年以前就希望自我解答"人生有什么意义"的问题了。古今中外，解答可谓千般百种，形形色色。似乎关于这一问题，早已无须再问，也早已无须再答了。可许许多多活在"现在时"的人还是要一问再问，仿佛根本不曾被问过，也根本不曾有谁解答过。

确实，我回答过这一问题。

每次的回答都不尽相同；每次的回答自己都不满意；有时听了的人似乎还挺满意，但是我十分清楚，最迟第二天他们又会不满意。

因为我自己也时常困惑，时常迷惘，时常怀疑，并时常觉着自己人生的索然。

我想，"人生有什么意义"这一个问题，最初肯定源于人的头脑中的恐惧意识。人一次又一次地目睹从植物到动物甚而到无生命之物的由生到灭由坚到损由盛到衰由有到无，于是心生出惆怅；人一次又一次地眼见同类种种的死亡情形和与亲爱之人的生离死别，于是心生出生命无常、人生苦短的感伤以及对死的本能恐惧——于是"人生有什么意义"的沮丧油然产生。在古代，这体现于一种对于生命脆弱性的恐惧。"老汉活到六十八，好比路旁草一棵；过了今年秋八月，不知来年活不活。"从前，人活七十古来稀，旧戏唱本中老生们类似的念白，最能道出人的无奈之感。而古希腊的哲学家们，亦有认为人生"不过是场梦幻，生命不过是一茎芦苇"的悲观思想。

然而现代了的人类，已有较强的能力掌控生命的天然寿数了，并已有较高的理性接受生死之规律了。现代了的人类却仍往往会叩问"人生的意义"何在，归根结底还是源于一种恐惧。这是不同于古人的一种恐惧。这是对所谓"人生质量"尝试过最初的追求而又屡遭挫折，于是竟以为终生无法实现的一种恐惧。这是几乎就要屈服于所谓"厄运"的摆布而打算听天由命时的一种恐惧。这种恐惧之中包含着理由难以获得公认而又程度很大的抱怨。是的，事情往往是这样，当谁长期不能摆脱"人生有什么意义"的纠缠时，谁也就往往真的会屈服于所谓"厄运"的摆布了；也就往往会真的听天由命了；也就往往会对人生持消极到了极点的态度。而那种情况之下，人生在谁那儿，也就往往会由"有什么意义"的疑惑，快速变成了"没有意义"的结论。

对于马，民间有种经验是——"立则好医，卧则难救"。那意思是指——马连睡觉都习惯于站着，只要它自己不放弃生存的本能意识，它总是会忍受着病痛之身顽强地站立着不肯卧倒下去；而它一旦竟病得卧倒了，证明它确实已病得不轻，也同时证明它本身生存的本能意识已被病痛大大地削弱了。而没有它本身生存本能意识的配合，良医良药也是难以治得好它的病的。所以兽医和马的主人，见马病得卧倒了，治好它的信心往往大受影响。他们要做的第一件事，又往往是用布托、绳索、带子兜住马腹，将马吊得站立起来，如同武打片中吊起那些飞檐走壁的演员们那一种做法。为什么呢？给马以信心。使马明白，它还没病到根本站立不住的地步。靠了那一种做法，真的会使马明白什么吧？我相信是能的。因为我下乡时多次亲眼看到，病马一旦靠了那一种做法站立着了，它的双眼竟往往会一下子晶亮了起来。它往往会咴咴嘶叫起来。听来那确乎有些激动的意味，有些又开始自信了的意味。

一般而言，儿童和少年不太会问"人生有什么意义"的话，他们倒是很相信人生总归是有些意义的，专等他们长大了去体会。厄运反而不容易一下子将他们从心理上压垮。因为父母和一切爱他们的人，往往会在他们不完全知情时，就默默替他们分担和承受了。老年人也不太会问"人生有什么意义"的话。问谁呢？对晚辈怎么问得出口呢？哪怕忍辱负重了一生，老年人也不太会问谁那么一句话。信佛的,只偶尔独自一个人在内心里默默地问佛。并不希冀解答,仅仅是委屈和抱怨的一种倾诉而已。他们相信即使那么问了,佛品出了抱怨的意味,也是不会责怪他们的。反而,会理解于他们,体恤于他们。中年人是每每会问"人生有什么意义"的。相互问一句,或自说自话问自己一句。相互问时,回答显然多余。一切都似乎不言自明,于是相互获得某种心理的支持和安慰。自说自话问自己时,其实自己是完全知道着一种意义的。

上有老下有小的人生,对于大多数中年人都是有压力的人生。那压力常常使他们对人生的意义保持格外的清醒。人生的意义在他们那儿是有着另一种解释的——责任。

是的,责任即意义。是的,责任几乎成了大多数是寻常百姓的中年人之人生的最大意义。对上一辈的责任、对儿女的责任、对家庭的责任,总而言之,是子女又为子女,是父母又为父母,是兄弟姐妹又为兄弟姐妹的林林总总的责任和义务,使他们必得对单位对职业也具有铭记在心的责任和义务。

在岗位和职业竞争空前激烈的今天,后一种责任和义务,是尽到前几种责任和义务的保障。这一点不须任何人提醒和教诲,中年人一向明白得很、清楚得很。中年人问或者仅仅在内心里寻思"人生有什么意义"时,事实上往往等于是在重温他们的责任课程,而不是真的有所怀疑。人只有到了中年时,才恍然大悟,原来从小盼着快快长大好好地追求和体会一番的人生的意义，除了种种的责任和义务，留给自己的，即纯粹属于自己的另外的人生的意义，实在是并不太多了。他们老了以后，甚至会继续以所尽之责任和义务尽得究竟怎样，来掂量自己的人生意义。"究竟"二字，在他们那儿，也另有标准和尺度。中年人，尤其是寻常百姓的中年人，尤其是中国之寻常百姓的中年人，其"人生的意义"，至今，如此而已，凡此而已。

"人生有什么意义"这一句话，在某些青年那儿，特别在是独生子女的小青年那儿问出口时，含意与大多数是他们父母的中年人是根本不相同的。其含意往往是——如果我不能这样；如果我不能那样；如果我实际的人生并不像我希望的那样；如果我希望的生活并不能服务于我的人生；如果我不快乐；如果我不满足；如果我爱的人却不爱我；如果爱我的人又爱上了别人；如果我奋斗了却以失败告终；如果我大大地付出了竟没有获得丰厚的回报；如果我忍辱负重了一番却仍竹篮打水一场空；如果……如果……那么人生对于我究竟还有什么意义？

他们哪里知道啊，对于他们的是中年人的父母，尤其是寻常百姓的中年人的父母，他们往往即是父母之人生的首要的、最大的、有时几乎是全部的意义。他们若是这样的，他们是父母之人生的意义；他们若是那样的，他们也是父母之人生的意义；换言之，不论他们是怎样的，他们都是父母之人生的意义；而当他们倍觉人生没有意义时，他们还是父母之人生的意义；若他们奋斗成为所谓"成功者"了，他们的父母之人生的意义，于是似乎得到一种明证了；而他们若一生平凡着呢？尽管他们一生平凡着，他们仍是父母之人生的意义。普天下之中年人，很少像青年人一样，因了儿女之人生的平凡，而倍感自己的人生没意义。恰恰相反，他们越平凡，他们的平凡的父母，所意识到的责任便往往越大、越多……

由此我们得到一种结论，所谓"人生的意义"，它一向至少是由三部分组成的：一部分是纯粹自我的感受；一部分是爱自己和被自己所爱的人的感受；还有一部分是社会和更多有时甚至是千千万万别人们的感受。

当一个青年听到一个他渴望娶其为妻的姑娘说"我愿意"时，他由此顿觉人生饱满着一切意义了，那么这是纯粹自我的感受。

"世上只有妈妈好，有妈的孩子像块宝。"——这两句歌词，其实唱出的更是作为母亲的女人的一种人生意义。也许她自己的人生是充满苦涩的，但其绝对不可低估的人生之意义，宝贵地体现在她的孩子身上了。

爱迪生之人生的意义，体现在享受电灯等发明成果的全世界人身上；林肯之人生的意义，体现在当时美国获得解放的黑奴们身上；曼德拉的人生意义体现于南非这个国家；而俄罗斯人民，一定会将普京之人生的意义，大书特书在他们的历史上……

如果一个人只从纯粹自我一方面的感受去追求所谓人生的意

义,并且以为唯有这样才会获得最多最大的意义,那么他或她到头来一定所得极少。最多,也仅能得到三分之一罢了。但倘若一个人的人生在纯粹自我方面的意义缺少甚多,尽管其人生作为的性质是很崇高的;那么在获得尊敬的同时,必然也引起同情。比如阿拉法特,无论巴勒斯坦在他活着的时候能否实现艰难的建国之梦,他的人生之大意义对于巴勒斯坦人都是明摆在那儿的。然而,我深深地同情这一位将自己的人生完完全全民族目标化了的政治老人……

权力、财富、地位、高贵得无与伦比的生活方式,这其中任何一种都不能单一地构成人生的意义。即使合并起来加于一身,对于人生之意义而言,也还是嫌少。

这就是戴安娜王妃活得不像我们常人以为的那般幸福的原因。贫穷、平凡、没有机会受到高等教育、终生从事收入低微的职业,这其中任何一种都不能单一地造成对人生意义的彻底抵消。即使合并起来也还是不能。因为哪怕命运从一个人身上夺走了人生的意义,却难以完全夺走另外一部分,就是体现在爱我们也被我们所爱的人身上的那一部分。哪怕仅仅是相依为命的爱人,或一个失去了我们就会感到悲伤万分的孩子……

而这一种人生之意义,即使卑微,对于爱我们也被我们所爱的人而言,可谓大矣!人生一切其他的意义,往往是在这一种最基本的意义上生长出来的。好比甘蔗是由它自身的某一小段生长出来的……

让我们爱憎分明

让我们共同体验爱憎分明之为人的第一坦荡、第一潇洒、第一自然吧！

几经犹豫我才决定写下这一行题目。写时我的心里竟十分古怪——仿佛基督徒写下了什么亵渎上帝的字句。仿佛我心怀叵测，企图向世人散布很坏的想法。我能预料到某些人对这样一个题目的忐忑不安。他们大抵是些丧失了爱憎分明之勇气的人。这使我怜悯。我能预料到某些人对这样一个题目的不以为然乃至愤然。他们大抵是些毫无正义感的人。并且希望丑恶与美好混沌在我们的生活中。因为他们做人的原则以及选择的活法，更适应于丑恶而有违于美好。唯恐敢于爱憎分明的人多起来，比照出了自己心态的阴暗扭曲，甚至比照出了自己心态的邪狞。我不怜悯这样的人。我鄙夷这样的人。

世上之事,常属是非。人心倾向,便有善恶。善恶之分,则心之爱憎。爱憎分明之于人而言,实乃第一坦荡,第一潇洒,第一自然之品格。

古人云:审其所好恶,则其长短可知也。又云:民之所好,好之;民之所恶,恶之。

怎么的,现在,不少人,却像些皮囊里塞满稻草似的人?他们使你怀疑,胸腔内是否有我们谓之为"心"的器官,纵有,那也算是心吗?

男欢女爱之爱,他们倒是总在实践着。不但总在实践着,而且经验丰富。嫉妒仇恨,也是从不放过体验机会的。不但自己体验,还要教唆别人。于是,污浊了我们的生活环境。在这些人看来世界大概是无是无非、无美无丑、无善无恶的。童叟仆跌于前,佯视而不见,绝不肯援一搀一扶之手,抬高腿跨过去罢了。妇妪呼救于后,竟充耳不闻,只当轻风一阵,何必"庸人自扰"?更有甚者,驻足"白相",权作消遣。

苏格拉底说:"有人自愿去作恶,或者去做他认为是恶的事。舍善而趋恶不是人类的本性。"

苏格拉底是对的吗?

帕斯卡尔说:"我们中大多数人欲求恶。"又说:"恶是容易的。其数目是无限的。"还说:"某些人盲目地干坏事的时候,从来没有像他们是出自本性时干得那么淋漓尽致而又兴高采烈了。"

帕斯卡尔所指的是人类生活现象的一方面事实吗？

而屠格涅夫到晚年也产生了对人类及其生活的厌恶。他写了一篇优美如诗但情感色彩冷漠之极的散文——《山的对话》，就体现出了他的这种情绪。

当然我们不必去讨论苏格拉底和帕斯卡尔之间孰是孰非。人性本善抑或人性本恶早已是一世纪的命题。并且在以后的世纪必定还有思想家们继续进行苦苦的思想。

我要说，目前我们中国人的某些人，似乎也是一种"疾病"，可否叫作"爱憎丧失症"？

爱憎分明实在不是我们人类行为和观念的高级标准。只不过是低级的最起码的标准。但一切高尚包括一切所谓崇高，难道不是构建在我们人类德行和品格的这第一奠基石上吗？否则我们每个人的内心必将再无真诚可言。我们的词典中将无"敬"字。

中国人口占世界人口四分之一。如果我们中国人在心理素质方面成为优等民族，那么世界四分之一人类将是优秀的。反之，又将如何？

思想哲人告诫人类——对善恶的无动于衷是人类精神最可怕的堕落。

生物学家则告诫我们——一类物种的灭绝，必导致生态链条的断裂，进而形成对生态平衡的严重威胁和破坏。

人类绝不是首先因憎激发了爱的冲动、力量和热情。恰恰相反,是由于爱的需要才悟到了憎的权利。好的教养可以给予我们爱的原则。懂得了这一点才算懂得了爱的尺度,也就懂得什么是恶了,也就必然学会了怎样用我们的憎去反对、抵制和战胜恶了。

爱憎分明的人是我们人类不可缺的"物种",是我们人类精神血液中的白血球,是细腰蜂,是七星瓢虫,是邪恶当前奋不顾身的勇敢的蚁兵。因了爱憎分明的人存在,才会使更多的人感到世上有正义,社会有良知,人间有进行道德监督和道德审判的所谓道德法庭。

我们中国人是很讲"中庸之道"的。但我们的老祖宗也留下了这么一句"遗嘱"——"道不同,不相为谋",并指出——"物以类聚,人以群分"。

可是我们当代的有些人,似乎早把老祖宗"道不同,不相为谋"之"遗嘱"彻底忘记了,似乎早把"物以类聚,人以群分"这凭以自爱的起码的也差不多是最后的品格界线擦掉了。仅恪守起"中庸之道"来。并且浅薄地将"中庸之道"嬗变为一团和气。于是中庸之士渐多。并经由他们,将自己的中庸推行为一种时髦。仿佛倡导了什么新生活运动,开创了什么新文明似的。于是我们不难看到这样的情形——原来应被"人以群分"的正常格局孤立起来的流氓、痞子、阴险小人、奸诈之徒以及一切行为不端品德不良居心叵测者,居然得以在我们的生活中招摇而来招摇而去,败坏和毒害我们的生活到了随心所欲的地步。所到之处定有一群群的中庸之士与他乘兴周旋逢场作戏握手拍肩一团和气。

我们常常希望有人拍案而起，厉曰："耻与尔等厮混！"

对这样的人，我们心中便生钦佩。

我们环顾左右，觉得这样做其实并不需要太大的勇气。然而我们当中有许多人唯恐落个"出头鸟"或"出头的椽子"之下场。于是我们自己便在一团和气之中，终究扮演了我们本不情愿扮演的角色。

更可悲的是，爱憎分明的人一旦表现出分明的爱憎，中庸之士们便会摆出中庸的嘴脸进行调和，我们缺乏勇气光明磊落地同样敢爱敢憎，却很善于在这种时候作乖学嗲。

我们谁有资格说自己从未这样过呢？

因而我觉得我们首先应该憎恶我们自己。憎恶我们自己的虚伪。憎恶我们已经染上了梅毒一样该诅咒的"爱憎丧失症"。

那么，便让我们从此爱憎分明起来吧！

将这一希望寄托在别人身上，莫如寄托在我们自己身上。倘你周围确实无人在这一点上值得你钦佩，你何不首先在这一点上给予自己以自己钦佩自己的资格呢？如果你确想做一个爱憎分明之人，而且的确开始这样做了。我认为你当然有自己钦佩自己的资格。你也当然应该这样认为。

以敢憎而与可憎较量。以敢爱而捍卫可爱。以与可憎之较量而镇压可憎之现象。以爱可爱之勇气而捍卫着可爱在我们的生活中发扬光大。让我们的生活中真善美多起来再多起来！让我们在我们每一个人的生活范围内，做一块盾，抵挡假恶丑对我们自己以及对生活的侵袭，同时做一支矛。让我们共同体验爱憎分明之为人的第一坦荡、第一潇洒、第一自然吧！其后，才是我们能否更多地领略人类之种种崇高和美好的问题……

世界是怎样结构的——关于《安琪拉的灰烬》之断想

是的，我喜欢这一部书。虽然我读到的只不过是它的缩写本，非是它的全貌；然而，我已经喜欢上它了。

一部好书就是这样——犹如一个好人。在某些时候，某些情况之下，好人一开口说话，你就知道他是好人了。甚至，好人并没开口说话，但他们的一个举动、一种行为，也会使你得出结论——那是一个好人。

《安琪拉的灰烬》，正是这样一部书。一部书既已为书，它就沉默了。这又好比一个一生只说一次话的人。说完了，就不再开口了。噢，上帝，如果我们每一个人一生只有机会说一次话，那么许多人宁肯将机会留待老年的时候吧？当然，也会有许多人在年轻的时候就无怨无悔地利用了那一次机会，将他的双手奉献给爱人。

本书的作者弗兰克·麦考特，在六十六岁的时候出版了这一本自传体小说。这部小说充分体现了一个人的一次"具有永恒之美"的"说话"，也体现了小说不"小"的真谛。

这是一部关于成长的书。却又不仅仅是一部关于成长的书，还是一部关于"天使"的书。有时候，天使的背上并不长着洁白的翅膀，脑后也没有圣光。她们就在某些家庭之中，某些家族之中，是母亲，或是长姐，为了儿女的成长，为了弟弟妹妹们的成长，无怨无悔地辛劳着，付出着。真的，她们总是那样，无怨无悔而又极尽其责。她们的辛劳，她们的付出，往往仅是为了儿女们或是弟弟妹妹们的一次开心，一顿饱饭，一件新衣……

没有她们，这世界上的许多许多许多孩子们，不能成长为有自尊心的男人和女人，当然也不能是配当父亲的男人和配当母亲的女人。是的，没有安琪拉那样一些不像天使的天使——一些孩子以后会成为罪犯。因为他们将只不过在贫境中倍觉对人世的恐惧，而没有任何快乐可言。

读这一部书，我联想到了托尔斯泰和高尔基之间的一次对话。

托尔斯泰长高尔基四十岁。如果不是前者长寿，他能与后者相识的机会是很小的。

托尔斯泰听高尔基讲述了自己童年和少年时期的经历后，同情又感动，泪流满面地说："那样的生活足以将您变成贼、骗子或杀人犯，您却成了作家。使我无法不对您深怀敬意。"

高尔基回答:"那是因为天使一直陪着我成长。"

我想,高尔基说那一句话时,内心里一定怀念起了他的母亲,和一些善良的人吧。

我进一步想,如果这本书的作者并没有一位天使般的母亲,他还会在六十六岁回忆自己的童年和少年生活时仍然充满着幽默感吗?那是怎样的成长环境啊!——父亲是酒鬼,一个哥哥一个弟弟一个妹妹在贫穷悲惨的生活中夭折;为了在圣诞节的早上有东西可吃,母亲拖儿带女去乞求慈善救济;十四岁的弗兰基去当小邮差;还有每到雨季从街道上灌入家中的肮脏的臭水……

安琪拉正是那样一个家庭的主妇;正是那样一个酒鬼丈夫的妻子;正是那样一些孩子的母亲。

这一位叫安琪拉的母亲,她唱歌唱得很好听,她跳起舞来身姿也很美。即使在她成为一个极其贫穷的家庭的主妇以后;成为一个酒鬼丈夫的妻子以后;成为一些嗷嗷待哺的孩子们的母亲以后,只要稍有高兴一下的理由,她也还是会唱起歌来,跳起舞来……

那时,你不得不承认,怎么也不像天使的安琪拉,对于她的孩子们真是一位天使!

这世界是怎样结构的?

当我快将这一篇文字写完时,我头脑之中最后想到了以上问题。我自己对自己的问题给出的回答乃是——如果人世间不曾有许多许多许多安琪拉一样的天使，恐怕这世界早就坍塌了。

　　道理是那么的简单——世界将永远是由少数富人和多数穷人来结构的。穷人的孩子们死的太多了，对于富人们的后代是可怕的。穷人的孩子们都成了罪犯，对于世界那是更可怕的事情。而若穷人的孩子们永远像父辈一样一生在穷困之中挣扎无望，则这世界是该趁早毁掉的。

　　上帝差遣天使来到人世间充当穷人的孩子们的母亲，最终使他们成为有教养的人，在富人面前不再卑微的人，并有能力参与使这世界变得公平起来美好起来的人……因此，世界的结构才一直没有彻底坍塌。《安琪拉的灰烬》——它就是，由天使们守护的，那一家中的温暖，那炉膛里的，积灰之下永远覆盖着的炭火。只要人善于拨去积灰，炭火就会一直在炉膛里红着，并烧着新柴。但愿，此书能使我们中国的数量大得惊人的穷孩子们，从自己的母亲的身上，发现天使的影子……

关于《好人书卷》

《好人书卷》——这是迄今不曾有过的一种刊物。现在，也没有。不过我相信，许多的年轻人和长者，男人和女人，肯定是早已在内心里企望着这么一种刊物了。只不过他们或她们，都没有想出《好人书卷》这么一个具体的又是很好的刊名罢了。这世界无论到了哪一世纪，无论到了哪一地步，好人总是不至于灭绝的。好人使人类区别于兽类。好人的好以及他们或她们做的好事，抵消人和人之间、同胞和同胞之间的互相嫌恶、互相妒憎、互相敌视乃至仇视。好人是人间的天使。老的也罢，少的也罢，美的也罢，丑的也罢。只要真配得上被称作好人了，也就可属于我们人间的天使了。好人当然是不需要有一种刊物专为赞美他们或她们的。但活在好人边儿上的人们的心灵则需要。因为活在好人边儿上的，并不见得都那么心甘情愿地进而混到坏人边儿上去。我想混在坏人边儿上的人们的心灵大概也是需要的。因为这样的人中的十之六七,也是并不见得都那么心甘情愿地一不作二不休地成为坏人。其实我们大多数人都活在好人边儿上。这个我们当中包括我自己。所以《好人书卷》其实又是一种为大多数人而存在的刊物,尽管现在它还并不存在……

因为《新华文摘》第九期转载了我的中篇小说《冉之父》,所以便认识了年轻的编辑潘学清。因为认识了他。所以才知道他一直打算创办一个刊物叫《好人书卷》,所以才有这一篇断想……

当时他的想法深深地感动了我。竟有年轻人打算创办这样的一种刊物!为我们这些活在好人边儿上的人!

四十多岁了还活在好人边儿上。细想想真惭愧。四十多岁了还能活在好人边儿上,细想想也真欣慰。都说人生很难,千难万难,大概活到老活成一个好人是最难的吧?

"好人"是人类语言中最朴素最直白的两个字。朴素得稍加形容和修饰就会顿然扭曲本意,直白得任谁都难以解释明白。但是我们人类用好人两个字去说一个人的时候并不多。它甚至可以被认为是他们说话时最慎重最吝啬的两个字。也许因为好人委实太少了?也许因为我们大多数人一辈子只能活在好人边儿上,所以不肯轻易承认别人比自己好?

我们常说某某很有才华,常说某某在某一方面很有能力,常说某某很了不起,常说某某办事很周到,常说某男很帅很潇洒,常说某女很美很多情，常……却很少说某某是个好人。难道不是这样吗？我想，无论对于男人或女人，无论对于年轻人或长者，第一善良，第二正直，第三富有同情心，第四敬仰人道主义懂得理解和尊重美好事物，大致的也就应当算一个好人了。可是就这么几点，竟是我们很难一身兼备地做到的！每一思忖，不禁愧从中来，悲从中来……

为什么我们常说某人善良却似乎偏不说他是好人呢？因为善良者中也有胆小如鼠之辈，那一种善良不过是犬儒主义者的善良。其实也不过就是对他人没有侵略性罢了。而眼见他人辱人、欺人、虐人，因为没有正义感托着那一点儿犬儒主义者的善良，乃是那么的狼狈。尽管他那一种善良以往完全可能是真的。为什么我们常说某人有正义感却偏不说他是好人呢？因正义者中也有冷酷之人，恰好比正义之师也可能是肆虐之旅。如果说正义存在的价值是与非正义抗衡，毋宁说它的价值首选体现在对践踏真善美以及践踏人道人性所表达的那一份愤慨，和由此产生的维护正义的冲动。这一冲动代表人类内心里的尊贵和尊严……

电视正播《十八分钟》，记者采访一些男人和女人——他们和她们因目睹某个人在火车轮下救了一个孩子的命而感动不已。我看出那一种感动是真实的。我也很受感动。我们还保持着被感动的本能——这是人的基本本能之一，多么好哇。仅仅这一点就足以令人感动。因为现今太多的人被物欲所诱，似乎已经不大能被什么所感动了。我们曾见过被什么感动的驴或鸭子、蚯蚓或蟑螂吗?

印刷机每天都不停地转动。成吨的纸被印上无聊的、无病呻吟的、玩世不恭的、低级庸俗的、黄色下流的文字售于人间,那么多的人贪婪地看着,如同非洲鬣狗和秃鹰贪婪饥食着腐尸……

我相信某一天,某一印刷厂的印刷机,会印出一批刊物——而它的名字叫《好人书卷》。那时我将不仅是它忠实的读者,而且是它忠实的撰稿人……

喀戎与世界读书日

"我已经在这荒漠之地奔跑了几个昼夜,为了寻找一条光明大道。我身后扬起滚滚红尘,遮蔽着许多和我一样迷惘的身影。我知道那飞扬的沙土不可能是正常的人类奔跑时所能造成的,于是我不但迷惘而且越发羞耻……

"我是人马喀戎的后代,我对此原本有种隐秘的傲慢。可是我妻子告诉我这是一个人类的时代,我这样的不同寻常是可耻的,所以我隐去了马的身体。但这又使我感到自己像是潜伏在人类中的奸细,后来我渐渐分不清我的马身体可耻还是我隐去马身体可耻……"

在世界读书日的前几天,我班上的一名女生怯怯地交给我一篇她写的小说,题目是《恐怖》。她一向坐在第三排或第四排,直到那一天我才知道她的名字叫刘筱。她的小说写出了她这一代人成长期的烦恼和苦闷。当他们的烦恼和苦闷与太多的对错是非纠缠在一起,并且对自己得出的结论那么缺乏自信,对别人给出的结论又那么怀疑时,其烦恼和苦闷便确乎有几分恐怖了。在他们还非是大学中文学子以前,他们还不像现在这么敏感。故以前的烦恼和苦闷是较单纯的、普遍的那一种。现在,变得复杂了,因为他们面对面遭遇了文化。而开始文化了的人,判断是非对错的能力都将面临新的检验……

刘筱是具有文学才情的女生,这一发现使我欣喜。她在修辞方面的良好感觉是不容置疑的,她缺少的是人生经历和睽注别人人生的视野。但是我确信时间和年龄会替她补上那一课,这是我力不从心的。进言之,我确信她具有成为作家的潜质,只要她日后对写作这件苦行僧似的事甘愿坚持下去。我想,我当郑重地告诉她这一点。并且告诉她,我的话非是一般教师对学生的鼓励之词。

隔日我出席某大学的校园文化节,我将回答一个我一直未能说明的问题,即我们人类为什么在父亲节、母亲节、教师节、妇女节、儿童节、劳动节、世界环保日、各种宗教活动日后,还要确定一年中的某一天为世界读书日?书籍和人类的关系真的如此不容忽视吗?

我的学生的小说给了我启发。

依我想来,我们全人类都曾是喀戎的后代。某类古猿是我们的祖先，达尔文的这一观点已经基本上被接受。而我们也曾是喀戎的后代，则要由人类的文化史来证明。

喀戎，这希腊和罗马神话中人面马身的怪物，在许多方面多么像我们啊！它有我们的脸，有和我们相同而比动物高级的种种欲望，所以它不是彻底的兽。然而它那马的身体，它那几乎没有理性可言，终日只知一味顺着欲望的支配行事，一旦受到阻碍便易怒，于是狂暴危险的性情，又使它与人有着太大的区别。

这怪物也曾希望进化为人吗？

希腊神话和罗马神话都没有这方面的记载。

但有一个人肯定地说有。并且，在古猿和喀戎之间，他似乎也更愿意承认自己是喀戎的后代；他却不是一个中国人，而是一个法国人。他的名字曾享誉全球。他是伟大的雕塑家罗丹。如果他仍活着，该有一百六七十岁了。

罗丹雕塑了喀戎，它是他唯一的一件非人物作品，这是耐人寻味的。

罗丹雕塑的喀戎是特别的，也可以说是令人震撼的——从那怪物躯体中，正在向外，同时也显然是向上，挣扎出一个人的躯体来。呈现出一种力、一种痛苦、一种夙愿和一种希望。如果成功，是人类在精神方面的进化；如果失败，是人类在精神方面的退化。那力是必须向上的，只能向上的。倘非向上，挣扎注定是徒劳的……

结果我们都知道的，当初的我们那个远古祖先，他成功了。如果说人类真正的是从公元前三千五百多年楔形文字产生以后算起，那么迄今为止，他用了五千五百余年完成了他终于不再是半人半兽的怪物，而是一个完全的人的过程。

这是比罗丹的雕塑更伟大的。

一个问题是——人靠什么具有那一种持久的、伴随着痛苦而又无比虔诚的力？

后来人类的历史告诉我们——靠的是书籍。

书籍不是上帝赐给祖先的，是祖先在那一精神向上挣扎的过程中记载下的日记。

那么，现在我们差不多可以这样说——全部的书籍，大致分为两类。一类记载着我们的精神向上的欢欣，以及为最终实现目的所必备的智慧；另一类记载着我们挣扎过程的痛苦和经常面临的迷惘，并将人类喀戎时期的行径呈现给自己看，以鼓励我们继续向上，诚示我们不要在精神方面再退化为人马。因为人马实在不配是人，甚至连良马也不配是，而只不过是——地球上半人半兽的怪物。

这就是我们要由联合国教科文组织在一年中确定某一个日子为世界读书日的理由吧。

喀戎是不知感恩的。

现在我们已经是人了，我们已意识到感恩对于人类是多么的必要。

四月二十三日，这是我们人类对于书籍的感恩节。

那么，我们也差不多便同时回答了另一个相关的问题——什么是好书？什么又是不好的书，抑或坏书？

如上所述，举凡一切引领我们继续在精神方面向上，继续保持美好人性美好情操的书（想想吧，人类修成人性是多么的不容易，五千五百余年的过程啊，难道不值得保持吗），皆好书。亵渎此点的书，恐怕就不那么好了。亵渎是快事，有时我们竟享受这种快感。那是喀戎的能事。我们身上毕竟还有着喀戎的基因。但我们又毕竟已是人，通常现象是，亵渎之后，我们每人反省。淋漓尽致地呈现假恶丑的书也不一定便是坏书，因为作者完全可能是出于告诫的意图——呈现我们身上的人马基因的活动状况给我们看，使我们因羞耻而不愿再生出蹄子和尾巴。

那对人马行径极尽炫夸赏乐之能事，意在引诱我们退化回去的书，全世界到处可见，自然是不好的。

因为做人马绝不会比做人好。

分不清告诫的意图和引诱的居心怎么办呢？

那就先看已有定论的好书吧。

对于好能识了，对于坏也就善辨了……

拾遗补缺亦可欣

——小说《回家》创作谈

依然写着；也依然用笔写着。笔竟如我的另一种"烟"，可不嘛，"如烟"也。写作也似我心中的另一种"毒"——文字尼古丁。

我是那种越写自信越少的笔耕者。

正因为对自己越来越不满意，反而越来越勤奋。不是企图由数量来说明什么，而是自认为领悟了这样的写作道理——写作与书法是差不了太多的，对自己不满意那就得常动笔。

然确乎的，许久未写短篇小说了。散文、随笔、杂文之类，倒是不曾也荒弃了。还在大学任教，精力和时间每被分散，心有余力不足也。

我写的散文，一半左右具有小说的情节特征，人、事亦有虚构成分；但情感、情愫是发乎真心的。我每将一篇三千余字的散文写得有些像短小说，是刻意为之的。觉得散文也未必一味只写一己的人生感受，写他者的人生之事他者的命况，通过情节表达自己对他者的关注，也完全可以是一家主张。然而我只对我的学生这么主张过而已，从未果然当成主张来宣称。对于写作者，自己认为怎样写适于自己，便那么去默默耕耘便是了……

如此说来，我虽许久未写短篇小说了，但笔下所写，却也经常与情节发生着关系，也就是与一般小说的元素之一发生着关系。

《回家》在很大程度上，是因了杨晓升主编的多次动员，才于顾此失彼的俗忙之境中完成的。

依我的眼看来，我们中国人的当下生活，暖意渐少。并且，分明地，继续少着似的。发生在上海的交管部门的"钓鱼"事件，亦然令人惊诧而后生出大的嫌恶，直想用"卑鄙"形容之。刚刚又发生在湖北的"捞尸"丑闻，则简直恨得我咬牙切齿了！我们的大学生孩子本已死得善良又不幸，死后却还要受那般的凌辱，而且所为是我们中国人自己！对于三个孩子，是父兄辈！

于是倍感现实的冷、冷、冷，直冷到骨缝里去的那一种冷。故我每思，面对如此冷感的现实，我的笔能做些什么呢？若论抨击与怒斥，网上的正义之声，比我做得更及时，且更有声讨力。我不上网，虽很关注，终究不过是一个默默关注且独自生气的人罢了。若论揭示人性之丑恶，我自忖，自己远比不上同行们的犀利与深刻。还能做些什么？还能做些什么啊！我认为自己总该有责任做点儿什么。于是便想到了善和温暖。我一直认为，我们中国之当代文化，在播撒善的种子和向现实中注入温暖方面，尚有缺遗之处。那么，便让我来拾遗补缺吧。这是不怎样高难之事，故无须一等之才华。说到才华，我大约也只比三流多一点儿，刚沾着三流的边儿吧。所以，我来做点儿能力尚及之事吧。基于以上思想，便有了《回家》这一短篇。现实固然很冷，有时简直邪恶四伏，每使寡助的弱者活得惴惴不安。却也得承认，善良并未在同胞的内心彻底死灭，偶一发光，还是足以温暖人心温暖人世的。

我写此类小说，有意求其质朴，再质朴。因为，此类小说，毕竟不是我"为文学而文学"的作品。我倒是希望，很底层很底层的人们中，竟也有意外地看到了的。

那将是我之幸运。在底层，现实往往更冷，也更需要人对人的几许善意……